찬란하게 반짝이던 나의 당신께
전하지 못한 진심

찬란하게 반짝이던 나의 당신께 전하지 못한 진심

초판 1쇄 발행 ｜ 2019년 9월 23일

지은이 ｜ 유미
펴낸이 ｜ 공상숙
펴낸곳 ｜ 마음세상

주 소 ｜ 경기도 파주시 한빛로 70 515-501

출판등록 ｜ 2011년 3월 7일 제406-2011-000024호

ISBN ｜ 979-11-5636-362-0 (03810)

원고 투고 ｜ maumsesang@nate.com

ⓒ유미, 2019

* 값 13,000원

* 마음세상은 삶의 감동을 이끌어내는 진솔한 책을 발간하고 있습니다. 참신한 원고가 준비되셨다면 망설이지 마시고 연락주세요.

이 도서의 국립중앙도서관 출판예정도서목록(CIP)은 서지정보유통지원시스템 홈페이지(http://seoji.nl.go.kr)와 국가자료종합목록 구축시스템(http://kolis-net.nl.go.kr)에서 이용하실 수 있습니다. (CIP제어번호 : CIP2019033655)

찬란하게 반짝이던 나의 당신께
전하지 못한 진심

유미

마음세상

프롤로그

—

내가 아프기가 싫어 그렇게도 억지로 당신을 밀어냈다.
당신은 모를 만큼, 나 혼자 조금씩 조금씩 스스로,

그러면 언젠가는 자연스레 서로를 놓게 되겠지 싶었다.

그런데 막상 당신이 나를 놓으려는 것이 보이자
내심 불안하고 서운해지고 마음이 롤러코스터를 탔다.

그 끝이 너무 빨리 오고 있다는 생각이 들자
괴로움에 빠지려는 내 마음을 억지로 달래고 있었다.

사랑은 조금이라도 내게 더 스며들어 주기를 바랐고,
혹 치고 들어오는 이별이라는 것은
조금만 더 내게 머물며
조금이라도 더 천천히 떠나가 주기를 바랐다,
내가 조금이라도 덜 아프도록,
내가 괜찮아질 때까지만

내게서 머물다 천천히 떠나가 달라고.

사랑이든 이별이든
놓기 싫어지고 놓을 수 없어서 힘든 건
매 한 가지일테니까.

사랑이 바람처럼 휙 하고 스쳐가듯 지나간 자리에
아프고 슬프고 짙은 이별이 깊은 눈물로 스며들었다.

스쳐간 사랑, 스며든 이별.

당신은 내게 그랬다.

당신과의 이별이 이리 지독히도 아픈 이유는,
이미 스쳐가며 나를 한번 흔들어 놓았던
그 몹쓸 사랑이라는 녀석이 짙게 흔적을 남기고 간
쓰라린 그 자리에
바람을 타고 날아와 훅 하고 찔러 피가 나게 만드는
더 아프고 쓰라린 이별이라는 녀석이
무참히 짓이겨 누를 만큼 큰 몸집으로 다가와
나를 삼켜버리려 하기 때문일지도 모른다.

당신은 내게 전부였다.

나는 당신이 늘 그리울 것이다.

당신은 내게 평생 그리움일 것이다.

찬란하게 반짝이다 별똥별처럼 스쳐간 나의 당신께

전하지 못한 나의 진심 어린 말들을 고백하련다.

당신을 사랑했던 유미.

제1장

그대가 이렇게 내 맘에

달빛이 곱게 드리우던 날,
나는 행복해졌다

—

달빛이 유난히도 고왔던 그날 밤,
나는 당신에게 달려가 안기는 상상만으로도 행복해졌다.

눈부시게 내리쬐는 선명하고도 고운 달빛을 가슴에 품고
매일 밤을 지새우며 이야기를 나누던 그날의 우리는
너무나도 멀게 느껴지는 서로간의 거리를 아쉬워하며
곁에 있지 못한 그리움과 애틋함에 애가 닳았었다.

혹여 사랑을 속삭이는 우리를 누군가가 엿들을까 싶어
목소리를 낮추며 조심스레 많은 말들을 주고받았지만
보이지 않아도 들리는 행복 가득한 서로의 옅은 미소를
우리는 느꼈다, 우리는 알고 있었다.

그 밤의 곱디 고운 아름다운 달빛들 때문이었을까,
나는 그날 밤 아주 행복한 꿈을 꾸었다.

두 손을 맞잡은 채 신이 나서 빙글빙글 춤을 추다

당신의 등 뒤에서 내 두 팔로 당신을 가득 껴안는 순간
행복함에 서로의 얼굴을 보며 활짝 웃고 있는 우리를 보았다.

바라보는 것만으로도 웃음이 가득 지어지는 사이,
언제든 만나면 가장 먼저 품 속에 한껏 안아줄 사이,
늘 애정과 그리움이 가득하고 보고 있어도 바라보고 싶은. 생각만 해도 서로
가 애달프고 애틋해지는 그런 사이.

당신은 나를, 나는 당신을.
서로가 서로에게 빛이 되어주고 서로를 밝게 비춰주는
우리는 그렇게 서로를 가득 품는 사랑이었으면 좋겠다.

오래도록, 변함없이.

그 날 밤,
눈부시게 아름다웠던 그 달빛처럼.

예뻐해 줘, CHU.

—

쓰담 쓰담 머리를 쓰다듬어주고
우쭈쭈 하고 엉덩이를 토닥여주고
와락 하고 안길 수 있게 언제든 꼭 껴안아주고
안겨있는 나의 머리를 쓰다듬고
당신을 올려다보는 나의 이마에 입을 맞추고
초롱초롱하게 바라보는 나의 눈빛 속에 빠져들어
나의 앙증맞은 코에 당신의 코를 맞대고
앵두 같은 나의 입술에 촉촉한 입맞춤을 해줘.

촉촉한 입맞춤에 떨리는 입술,
살짝 벌어지는 입술로 내뱉는 설렘과
부끄러움이 가득 담긴 나의 숨소리를
당신의 뜨거운 숨결로 흡입하며 머릿속을 정신 없게 만드는 부드럽고 진한
당신의 깊은 Kiss.

한 손으로는 나의 허리를 감싸 안고,
한 손으로는 나의 얼굴을 감싸 쥐고

움직이지 못하게 도망치지 못하게
내가 당신에게서 오래도록 빠져 나오지 못하게.
그렇게 나를 당신의 품 안 가득 안아줘,
그렇게 나를 마음껏 예뻐해 줘.

당신이 잡은 내 손등에 한 번 Chu.

부끄러워하는 내가 살짝 기대어 안기자 나의 어깨를 감싸 안으며 내 몸을 당겨 나의 이마에 Chu.

그 입술이 조금 더 내 얼굴로 내려와 감은 나의 눈 위에 Chu.

다시 조금 더 내려와 나의 귀여운 코에 Chu.

살짝 옆으로 옮겨가 빨갛게 물든 내 볼에 Chu.

다시 내려오자 호흡 한번 들이마시며 살짝 긴장하는 내게 고개를 오른쪽으로 살짝 비스듬히 틀어 나의 입술에 Chu.

당신의 한쪽 팔은 내 허리를 끌어당겨 나를 감싸고 있고
당신의 한쪽 손은 내 뺨을 따뜻하게 감싸 쥐었지.

나를 바라보는 깊은 눈빛,

나만큼이나 쿵쾅대던 당신의 심장,

파르르 떨리며 가쁘게 숨을 몰아내 쉬던 예쁜 입술.

빨려 들어갈 듯한 당신의 품 안에서

나는 그날 밤,

가장 화려하고 가장 아름답고 가장 진하게

어여쁜 한 송이의 꽃으로 다시 태어났다.

온전한 나를, 내 모든 것들을 받아들이며 사랑해주었던 당신.

나의 머리끝부터 발끝까지 내 모든 것을 예뻐했던 당신.

당신의 손길이 닿지 않은 곳이 없었다,

당신의 숨결이 닿지 않은 곳이 없었다.

나는 당신으로 인해 그날 밤 예쁜 꽃이 되었다.

나는 당신의 꽃으로 태어났다

—

아침에 문득 눈을 뜨고 바쁘게 출근 준비를 하며 거울을 보다가 오늘따라 잘
받는 메이크업과 촉촉해 보이는 피부에 당신을 만나고 왔던 그때가 생각이 났
다.

얼마나 사랑을 받고 얼마나 예쁨을 받았던지
만나기 직전까지 많은 스트레스와 좋지 않은 몸 상태로
엄청나게 몸이 아픈 후였음에도 불구하고
당신과 함께한 시간 동안 나는 가장 예쁘게 피어났었다.

당신 앞에서만은 나는 세상 가장 아름다운 꽃이었다.

비바람과 폭풍우에 떨며 굳게 입을 다물고 있던 꽃봉오리에 당신은 따사로
운 햇빛과 촉촉한 사랑을 듬뿍 쏟아주었고, 나는 조심스레 핑크 빛 뺨을 붉히
고 진한 향기를 퍼뜨리며 그 어떤 꽃보다도 아름답고 찬란하게 활짝 피어났다.

당신을 만나고 온 후 모두가 내게 예뻐졌다 했고
나 역시도 당신의 사랑으로 한껏 예뻐진 나를 보았다.

끊임없이 진정으로 사랑을 받고 예쁨을 받으면
여자는 이렇게 정말로 예뻐질 수도 있구나.

내가 정말 당신에게 많이 예쁨 받고 사랑을 받았구나.
그게 어쩜 이리도 티가 나는구나.

당신을 통해 깨닫게 된 또 하나의 진실이었다.
나를 그렇게 어여쁘게 피어나도록 만든 당신이었다.

당신이라서 좋았다

—

당신이었기에, 당신이기 때문에, 당신이라서 좋았다.

꿈같던 그 날이 잊히지 않는다고 한 건
단순히 당신과 보낸 그 날이 좋아서가 아니라는 걸.

애정이 가득 담긴 눈으로 나를 바라보던 사랑스러운 눈빛, 끊임없이 나를 탐
하던 촉촉한 입술,
나를 품 안 가득 안아주던 넓은 어깨,
세심하고 조심스럽게 터치하던 가늘고 부드럽던 예쁜 손.

나를 소유하고 싶어 안달 난듯한 그 마음이 예뻤고
뭐든 내게 맞춰주려던 그 배려심이 사랑스러웠다.

멀리에 있으면 늘 애틋하고 그리웠고, 내 옆에 있으면 늘 뜨겁고 사랑스러웠
고, 함께한 시간들엔 내가 사랑 받고 있음을 느끼게 해 준 당신.

이름만 비싼 낡은 그 공간에서 실오라기 하나 걸치지 않은 채 헝클어진 머리, 다 지워진 화장에 결국은 지워버린 맨 얼굴,

"시간이 멈추었으면 좋겠다" 라는 말을 연발해가며
그저 서로 이불 속에서 부둥켜안고 하루 종일 곁에 누워
꿈같다는 내게 현실이라며 각인시키던 당신과 함께 잠들었던.

그 모든 게 당신이었기에,
당신이기 때문에,
당신이라서.

그저 당신과 함께였다는 그 이유 하나만으로도
나는 무엇이든 다 좋았던 것 같아.

사랑이었다, 사랑이다, 사랑일 것이다

—

메시지를 주고받다 핸드폰을 손에 꼭 쥐고 잠든 당신에게 내가 해줄 수 있는 말은 그저 잘 자라는 말 뿐이었다.

손가락으로 채팅 화면을 계속해서 누르고 잠이 든 건지
내가 어떤 말을 보내도 문장 옆에 있던 숫자 1은 내가 메시지를 보냄과 동시에 흔적도 없이 사라져 버렸다.

'잘 자고 있는 거겠지?'

당신을 따라 나도 한숨 깊게 잠에 들어
이 어둡고 쌀쌀한 고요한 밤이 지나 청량한 아침이 되면
당신은 눈을 뜨자마자 내게 가장 먼저 메시지를 보내겠지.

"나~일어났어요~우리 애기 잘 자고 있나요?"

그 달콤한 한마디가 적힌 것이 너무나도 보고 싶고
그렇게 아침 일찍부터 시작되는 당신과의 대화를 놓치기 싫어 평소엔 10분

만 더 잘 거야~하던 습관마저도 마다한 채, 피곤한 눈을 반쯤 뜨고 핸드폰을 손
에 꼭 쥔 채

　　비몽사몽으로 양치를 하며 출근 준비를 하는 내가 있었다.

　　당신과 연락이 되지 않는 시간들이 싫어서
　　서로 잠을 잘 시간도 놓치고 해야 할 일들까지 미뤄가며
　　하하 호호 서로 이야기를 나누는 것에만
　　하루의 반나절 이상의 시간들을 서로에게 쏟아냈다.

　　개떡같이 말해도 오해하지 않고 먼저 들어주며 찰떡같이 말하면 옳다구나
맞장구를 치며 받아 칠 줄 아는.

　　대화가 잘 통해 마음이 깊어지고 사랑이 깊어지며 힘들게 버티는 삶 속에서
도 애정을 싹 틔우는 우리가 있었다.

　　밀고 당기는 쓸데없는 감정 낭비 따윈 집어치우자고,
　　무조건 느끼는 대로 표현하지 못해 안달이 나있는,
　　계산적이지 않고, 숨기지 않는,
　　애틋하고 열정적인 우리가 있었다.

　　당신은 나를, 나는 당신을.

　　서로가 서로를 빛나도록 비춰주며

배려하고 이해하고 아껴주는 마음.

서로가 서로를 성숙하게 만드는
상대에게 배울 것들이 참 많은 우리는

사랑이었다, 사랑이다, 사랑일 것이다.

단 하루만이라도 당신과 함께

—

쌀쌀한 날씨가 다가오면 조금 더 아늑하고 포근한 곳으로 당신과 함께 단 둘
만의 여행을 가고 싶어져.

호화로운 호텔이 아니더라도 좋아.

당신의 따뜻한 품에 꼭 안겨서 잠들 수 있는 곳이라면
그곳이 어디든 나는 아무 상관이 없을 거야.

서로의 사진을, 우리의 사진들을 마음껏 찍고 싶어.
그 어떤 모습이어도 사랑스러운 모습들을 한 가득 담아
함께 추억으로 남기고 기억 속에 새겨두도록 말이야.

가장 느리게 달리는 기차를 타고 맛있는 간식을 먹으며
둘만의 여행을 즐기러 떠나는 순간순간들.

정신 똑바로 차리고 하나하나 모두 눈으로 담아내고
귀로 들어 새기고 불어오는 바람을 온몸으로 느껴가며

나의 눈과 마음속에 당신의 모든 것을 담고 싶어.

깊고 맑은 당신의 눈,

반듯하고 오뚝한 콧날,

촉촉하고 탐스러운 예쁜 입술,

예쁘고 고운 턱 선 까지도.

나의 손 끝에 모든 감각을 집중하여 온전하게 당신을 기억하기 위한 세심한

터치를 하고 싶어.

여기저기 돌아다니며 당신과 신나게 놀다가

맛있는 저녁을 해 먹고 노곤하게 욕조에 몸도 담그고

맥주 한 캔,

와인 한잔에 못 다했던 속마음도 다 털어놓고.

취기가 올라 얼굴이 빨개질 때 즈음,

침대에 나란히 누워 도란도란 이야기를 하면서

지나가는 어둑한 밤을, 밝아오는 푸른 새벽을 맞이하며

손 꼭 잡은 채, 당신의 품에 가득히 꼭 안겨서

세상에서 가장 행복하고 편안한 잠을 청하고 싶어.

딱, 하루만이라도.

비 오는 날의 수채화

—

비가 추적추적 내리는 저녁.
조용하고 적막한 방 안에는 당신과 나 단 둘 뿐.
창문을 때리는 빗소리만 투둑 투둑 들리고
시계바늘 소리만 째깍째깍 조용히 울린다.

방금 막 샤워하고 나온 내 머리엔 젖은 수건이 감싸져 있고, 보송보송한 이불을 덮고 옆으로 누워 살짝 잠이 든 따뜻한 온기가 한껏 품어져 있는 당신이 덮고 있는 이불 속에 살며시 들어가 아무것도 걸치지 않은 맨몸으로 당신을 안는다.

다 마르지 않은 촉촉한 내 몸의 물기가 느껴진 당신이 깨어 나를 향해 돌아 누우며 실눈을 뜨고 나를 한 번 바라보고선 다시 내 품에 당신의 얼굴을 묻으며 잠투정을 부린다.

그러다 이내 다시 나를 당신의 품 속 가득 품어 안아준다.

젖어있는 나의 머리카락을 슬그머니 쓸어 넘겨주던 손길이 나의 등을 토닥거리다 나의 온 몸 구석구석을 쓰다듬고, 따뜻하다 못해 점점 뜨거워져가는 이불 속 온기와 나의 몸을 나는 당신에게 오롯이 맡기며 편안하고 행복하게 미소 짓는다.

조용하고 적막한 비가 내리는 밤,
떨어지는 빗소리,
바스락거리는 보송보송한 이불 소리,
뜨거워진 방 안의 공기와 서로의 체온,
속삭이듯 들리는 거칠어진 우리의 숨소리,
한 마디 말 없이도 알아들을 수 있는
감정의 모든 것이 담긴 서로의 깊은 눈빛과 표정들.
그리고,
쉬지 않고 나를 탐하는 당신의 촉촉하고 부드러운 입술.

뜨겁다, 너무.
하지만 마음만은 너무나도 따뜻하다.
표현할 수 없을 만큼 행복해 미칠 것 같아서.

비가 내리는 밤의 아름다운 사랑은 깊어져만 간다.

꿈 속에서

—

꿈속에서 만나자 라고 말하고 잠들었던 게 현실이 되었다. 나는 당신을 정말로 꿈에서 만났고, 꿈속에서의 당신은 현실에서 보는 것만큼이나 꿈에서도 멋졌다.

　여유를 즐기며 편하게 살고 싶었던 내 인생에
　힘들어하는 당신을 나는 굳이 끌어들이고 싶어졌다.
　꿈속에서 당신과 무슨 이야기를 나누었는지
　당신과 무얼 하며 데이트를 했는지 기억이 또렷하진 않지만, 그저 당신이 내 꿈에 등장했다는 것만으로도
　아침에 눈을 뜨자마자 기분이 좋아 당신 생각부터 났다.

　"잘 잤어? 잘 자고 있는 건지 모르겠네."

　라고 건넨 나의 메시지에 당신은 아직 답이 없지만
　아마도 깊은 잠에 빠져 잘 자고 있는듯하여 내심 다행이다.

　당신에게서 연락이 오기를 나는 오늘도 내내 기다리겠지.

당신에게 연락이 오면 일찍 깨버린 잠투정을 하며
오늘도 이런저런 내 하루의 하소연들을 이야기하겠지.

당신과 나누었던 수많은 메시지들을 다시 곱씹으며
오늘도 나는 당신을 내 마음속에 차곡차곡 쌓아두겠지.

사랑했었다, 우리

—

날씨가 아주 화창하던 가을의 어느 날,
나는 당신을 만났다

저 멀리서 내게 걸어오던 당신에게선 환한 빛이 났다.
훤칠하게 큰 키에 슬림한 몸매,
활짝 웃던 작고 하얀 얼굴.

살이 많이 빠져 예전보다 많이 마른 당신이었지만
나를 향해 걸어오며 활짝 웃던 예쁜 그 미소와 자상한 말투, 멋쩍게 옆에서
걸어가던 나의 손을 잡던 가늘고 보드라운 손, 걸음이 느린 내 속도를 맞추며
걷던 세심하던 발걸음까지 여전히 멋진 당신이었다.
내 눈에는 한없이 빛나던 당신이었다.

끊임없이 나를 보며 예뻐하던 당신이었다.
함께 손을 잡고 걸음을 맞춰 걷다 어느 순간 당신에게 안기면 넓은 어깨와
기다란 팔로 내 어깨를 감싸 안으며
나의 이마에 입을 맞춰주던 당신이었다.

밥 먹으러 들어간 식당에서 고기는 남자가 구워야 한다며 내 앞에 잘 익은 고기를 놓아주기 바쁜 당신이었다. 어미에게 모이를 받아먹는 아기 새처럼 주는 족족 받아먹는 잘 먹는 나를 보며 흐뭇하게 미소를 지으면서도 정작 몇 개 먹지도 못해서 미안함에 내가 싸주는 쌈을 먹고 곧바로 쌈 하나 싸서 내 입에 넣어주기 바쁘던 당신이었다. 길을 걸으며 잡고 있던 손을 들어 당신의 손등에 입을 맞춰주면 사랑스러운 눈빛을 쏟아내며 웃어주던 당신은, 언제 어디서건 내가 입술을 내밀면 망설임 없이 내게 곧바로 입을 맞춰주며 행복하게 웃어주던 그런 당신이었다. 커피 하나씩 사 들고 근처 공원 벤치에 앉으려는 내게 지저분한 벤치에 당신의 커다란 가방을 깔아주던 사람이었다. 가방에 있던 물 티슈를 꺼내어 벤치를 닦고 나란히 앉아 달콤한 커피를 마시며 넓은 당신의 어깨에 머리를 기대었다가 고개를 들어 당신의 목에 내가 수줍게 입을 맞추자 이대로 시간이 멈추었으면 좋겠다며 세상 행복한 표정을 짓던 그런 따뜻함이 가득한 당신이었다.

함께 했던 시간들, 행복했던 순간들,
황홀했던 그 밤, 그 새벽.

오롯이 세상에 단 둘만 남아있는 사람들처럼
우리는 그렇게 서로를 사랑했고 또 사랑했었다.

그렇게 아름다운 사랑이라는 것을 했었다, 우리가.

당신을 사랑하는 이유

—

아침에 눈을 뜨자마자 건네는 당신의 인사 메시지.

"안녕~우리 애기~ 잘 잤어?"

그 흔한 인사가 나는 너무나도 달콤해서
못났지만 자다 일어나 퉁퉁 부은 얼굴로 사진 한 장을 찍어 당신에게 보내며
행복한 잠투정을 부린다.

"으응......나 잠이 안 깨......잠 좀 깨워줘......너무 졸려."

퉁퉁 부어 푸석한 내 얼굴을 보면서도

"예뻐~~자다 일어나도 예쁘네?"

양치도 안 한 입 속에 초콜릿을 가득 넣은 기분을 안고
오늘도 아침부터 당신에게 내 잠을 좀 깨워달라 청한다.

걸려오는 전화를 받았지만

아침이라 목이 잠겨있는 나를 토닥토닥 달래며

당신은 나의 아침잠을 깨우기 시작한다.

"으응~잠이 안 깨요~~~? 일어나자 우리 예쁜 애기 ~~"

"헤헤, 좋다."

잠시 당신의 목소리를 들으며 씨익 하고 웃다가

나는 이내 잠을 깨고 출근 준비를 한다.

곱게 화장하고 예쁘게 한껏 단장을 하고서

오늘은 이렇다며 또다시 당신에게 사진 한 장을 보낸다.

그저 당신에게 한번이라도 더 예쁘단 말을 듣고 싶어서.

그렇게 당신에게 더 사랑 받고 싶어서.

당신이 내게 소중하고 애틋한 이유 중 하나를 콕 집어 내자면, 당신이 없는

나의 하루가 지나가는 시간들 동안

아무 일도 없었는지 어떻게 시간이 흘렀는지,

가장 먼저 내게 물어봐 주고 걱정해준다는 것이었다.

무슨 일이 있었다고 말을 하지 않아도 얼른 알아채고

어디서 언제 무슨 일이 있었는지 묻고선

내 화가 풀릴 때까지 끄덕이며 다 들어주는

난 그런 당신이 참 감사하고 너무 예뻤다.

내가 당신을 사랑할 수 밖에 없었던 이유였다.

"표현을 한다는 것은 정말 중요한 일이야."

서로 매일 다짐하고 노력하며 마음에 새겼던 말이었다.

연락을 자주 하려고 노력하는 건 그만큼의 관심이 있기 때문이고, 관심이 가

는 만큼 상대에게 표현을 해야

상대는 그걸 알아차린다고.

미안하면 미안하다고,

고마우면 고맙다고,

사랑하면 사랑한다고.

밀당을 중요하게 생각하는 사람이라면

이런 표현을 자주 하면 역효과가 날 수도 있겠지만,

표현하고 대화하고 소통하기를 좋아하는 사람이라면

밀당은 하지 말아야 한다고.

느끼는 대로 표현을 해주어야 한다고.

말 한마디는 정말 많은 상황과 감정들을 변화시킨다고.

우리,

이런 표현은 되도록 아끼지 말기로 해요.

서로가 가장 중요하게 여기는 한 가지였다.

제2부

내 마음 들리나요

내가 어디가 좋아?

—

"내가 어디가 좋아?"
라고 물었을 때

"좋은데 이유가 어디 있어?"
라던가,

"그냥 다 좋아"
라는 뻔하디 뻔한 구렁이 담 넘어가듯 넘기기 쉬운 대답보단
하나하나 자세하게 말해주던 당신의 대답이 나는 참 좋았다.

"동그랗게 뜨고 날 올려다보는 네 눈도 좋고, 분홍빛 촉촉한 예쁜 네 입술도
좋고, 통통하게 꼬집을 수 있는 네 볼 살도 좋고, 보드라운 네 손바닥도 좋고,
고운 네 손도 좋고, 너는 못생겼다고 하지만 네 통통한 발과 통통한 다리도 좋
고, 하얀 네 속살과 피부들도 좋고 네 뱃살도 좋아, 나는 네 입에서 나오는 예쁜
말들과 네 말투, 네 목소리도 좋아하고 네 예쁜 마음도 좋아하지만 네 몸 구석
구석 그냥 안 예쁜 곳이 없어 전부 다 예뻐."

라고 하나하나 세세하게 다 말해주던 당신이 참 좋았다.

당신은 정말 나를 머리 끝부터 발 끝까지 사랑해주었다.
내가 정말로 사랑 받고 있다고 느낄 수 있을 정도로
매일 내가 웃을 수 있을 만큼 항상 사랑을 쏟아주었다.

누군가에게 또 다시 그런 사랑을 받을 수 있을까 싶다.
온전하게 나의 모든 것들을 받아들이던 당신,
나의 모든 것들을 이해하려고 했고 받아주려고 했던 당신.

서로의 현실이 가로막아 우리는 더 나아가지 못했지만
내가 당신을 잊지 못하는 만큼만
당신도 나를 기억했으면 좋겠다.

그저 딱 그만큼만
당신도 나를 그리워했으면 좋겠다.
당신은 아마 내게 평생
그리움으로 남아 있을 테니까.

사소한 관심

—

내 사소한 것들 하나까지 관심을 가졌던 당신이 참 소중했다.

나이가 들수록 사진 찍는 것을 점점 멀리하고 있던 내가
　매일 아침 출근 때마다 준비가 끝나면 당신에게 사진을 찍어 보내주었고, 내가 일하는 도중에도 바쁜 업무가 끝나고 나면 야간근무를 마친 당신은 내게 영상통화를 걸어 당신이 잠들기 전까지 내 얼굴을 보다가 잠이 들고는 했었지.

　오늘은 내 얼굴이 부었는지 가라앉았는지도
　머리스타일은 잘 되었는지 이상한지도
　가끔 바뀌는 손톱모양도 금방 알아차리고
　컨디션이 좋은 날인지 나쁜 날인지를

　굳이 내가 애써 일일이 다 말하지 않아도
　나의 말투와 얼굴과 목소리만 듣고서도 내 기분이 어떤지 곧바로 알아차려 주는 참 세심하고도 배려 깊은 당신이었다.

　수많은 이들 중에서도 굳이 당신이 그리운 이유가 있다면, 나를 이렇게나 사

랑해주는 마음이 깊었던,

　　나를 세심하게 배려하고 관찰하려 노력을 쏟았던 사람이

　　결코 그리 흔하지는 않았었기에,

　　어쩌면 나를 스쳐갔던 그 많은 이들 중에서도

　　당신만이 이렇게도 사무치게 그리운 것일지도 모르겠다.

　　매일 내게 예쁘다는 말을 진심으로 쏟아내던 당신이라서,

　　매일 나를 사랑 받음에 행복하게 웃게 해 주던 당신이라서.

　　어제도 오늘도 내일도

　　나는 여전히 매일매일 당신이 그립다.

　　당신은 내게 아마도 평생 그리움으로만 남겠지.

　　당신은 내게 아마도 평생 아픔으로 남아있겠지.

아직도 가슴이 저며와

—

당신은 나와의 영상통화를 그리도 좋아했던 사람이었다.

내가 못난 나의 맨 얼굴을 보여주기 싫다고 하면

화장해서 예쁜 내 얼굴보다 자연스러운 내 맨 얼굴을 보며 퇴근 후 씻고 나서 잠들기 전에 나와 영상통화를 하고 있으면 꼭 내 옆에 누워 얼굴을 보며 직접 대화를 하는 기분이라면서.

맨 얼굴이라 해서 당신의 눈에 예뻐 보이지 않을 리가 있을까,

일하면서 처음 혼자 근무했던 날,

너무 바쁘고 정신 없어 힘든 하루를 끝내고 퇴근을 하면서 결국 집에 들어오기도 전에 나는 울컥해버렸고,

그 하소연을 집 앞 공원에서 다 들어주었으며 집에 들어온 후 속상해서 마신 맥주 한잔에 결국 터져버린 울음을 달래주다가 퉁퉁 부은 얼굴로 찍어 보낸 흉측한 사진을 보며 내가 우는 모습도 예쁘다며 놀려주었던 장난스런 사람이었으니까.

당신에게서 전화가 걸려오는 순간부터가 힐링이었다.

"응~애기~나야~목소리 듣고 싶어서 전화했어."

꿀이 뚝뚝 떨어지는 목소리로 내게 '애기'라는 호칭을 쓰던
  얼굴은 차갑게 생겼지만 키도 크고 어깨도 넓고 손도 크고 다리도 긴 핸섬하
게 모델같이 생겼던 당신은
  나보다 6살이나 어린 연하였다.

내가 사진을 찍어 보낼 때마다 나의 사소한 모든 것들을 알아챈다. 당신은
매일매일 나의 사소한 많은 것들을 아주 자세히 관찰했다.

손톱 모양이 바뀌었는지 옷은 뭐가 달라졌는지
  헤어가 잘 손질되었는지 내 얼굴이 부었는지 화장이 잘 먹었는지 아닌지.

그렇게 나의 상태를 확인하고 내가 출근을 잘했는지
  별 일이 없는지 수다를 몇 마디 떨다 잠이 들고
  내가 퇴근할 시간쯤 당신은 야간에 출근을 하기 위해 일어난다.

"나 일어났어요~"하는 인사와 함께 습관처럼 가장 먼저 내게 묻는다.

"나 잠든 동안 오늘은 별 일 없었어?"

나는 저 말이 정말이지 너무나도 미칠 듯이 좋았다.

당신이 잠든 시간 동안 혹여 내게 아무 일도 없었는지
내가 직장에서 스트레스를 받는 일은 없었는지
걱정이 되어 매일같이 저렇게 똑같은 질문을
절대 빼먹지 않고 정말 매일매일 내게 질문했었다.

그만큼 나를 매일 걱정했고 내게 관심을 쏟아주었다는 증거였다. 나는 그런
당신의 말 한마디가 참으로 예뻤다.

비록 그게 당신에겐 습관적인 말뿐이었다 할 지어도 말이다.

당신과 하는 영상통화가 좋았던 이유는
서로 얼굴을 보며 아주 편한 모습으로 많은 대화를 나눈다는 그 자체도 좋긴
했었지만

사실 내가 무엇보다도 가장 좋았던 건,

서로 새벽시간이 지나 미친 듯이 잠이 쏟아지는데도 불구하고 잠 오는걸 억
지로 참아가면서 동시에 눈을 뜬다거나, 한 사람이 잠들면 그 잠든 모습을 말
없이 곤히 바라보고 있거나, 그러다 화들짝 놀라서 깨서 민망함에 씩 웃으면
자는 것도 예쁘다며 미소를 짓고는 계속 웃고 있다는 것.

그렇게 서로 전화기를 들고 마주 보듯 잠자리에 각자 누워서 잠이 들 듯 말

듯 해가며 영상통화만 새벽 4시까지 8시간. 매일같이 그렇게 오랜 시간들을 통화하고 메시지를 보내고 여유가 되면 특별한 말이 없이도 서로 얼굴을 마주하는 영상통화를 걸어 서로 얼굴을 보며 웃고 있었다는 그 자체.

그렇게 애틋한 감정은 처음이었다.
그렇게 소중해지는 사람도 처음이었다.
그렇게 그리운 상황도 처음이었다.

그랬어서...
그랬어서 아직도 나는
당신이 여전히 그립고 아프고
떠올리기만 해도 미칠 듯이 가슴이 저며와...

그 시간들이 너무나도 소중했어서.

마음의 벽을 깨버린 당신이었다

—

외로움이라는 마음을 스스로 버리고 외면하며 살고 있었다.

아니, 어쩌면 외면하고 살았다기 보단 그저 내 마음 저 깊은 곳에 일부러 숨겨놓았을지도 모른다.

사랑 받고 싶고 관심 받고 싶은 애정결핍을 숨기기 위해

나는 나도 모르게 한 번씩 툭툭 올라와 날 힘들게 하는

애정결핍이라는 것과 함께 가려는 외로움이라는 녀석을

저 깊은 마음속 다락방 구석에 숨겨놓고 문을 닫아버린 채 조금은 긴 시간 동안 홀로 방황을 했던 것일지도 모르겠다.

그래서 사랑이라는 것을 하지 않으려 참 많이 노력했다.

사랑 받는 기분, 밀당 없이 모든 것을 쏟아 붓는 연애는

나 혼자만 사랑하는 기분, 나만 늘 아프고 괴로운 연애가 되어 나 스스로를 자괴감에 빠지게 만들었고, 나의 자존감을 몇 번이나 무너뜨렸다.

표현을 하지 못했을 뿐이야 라는 핑계 가득한 말을

이제는 더 이상 믿지 않는다.

자괴감이 들어 나 자신을 괴롭히도록, 자존감을 낮춰 나를 미워하도록 나를 외롭게 만들고 애정결핍이 다시 돋아나게 만들고 자꾸만 애정을 갈구하게 만드는 상대들이 싫어져 결국은 사랑을 해도 끝까지 내 마음을 다 내어주지 않는 냉혈한 인간이 되어버렸다.

나의 눈물의 온도마저 달라졌다.

누군가와 이별을 한 직후 전엔 그가 보고 싶고 못 본다는 상황에 마음 아파 울었었다면, 후엔 그가 너무 밉고 내 마음을 버렸다는 기분에 울게 되었다. 나를 망가뜨리는 연애만 주구장창 반복한 후엔 그 원인과 주범이 나 자신일 수도 있었겠다 싶은 생각도 했다.

가장 오래 했던 연애가 끝나고 난 후부터 난 이제 자유다 하며 다른 연애를 시작하려 신나게 애를 썼는데도 불구하고 상대들은 진심보단 그저 스쳐 지나가기 바빴고, 있는 대로 다 표현하고 사랑 받고 싶어 하던 나의 연애방식을 그 누구도 이해하지 못하고 내게 등을 돌렸다.

그때부터였을 거다.
이 빌어먹을 애정결핍이라는 것이 스멀스멀 올라온 것이.

나의 애정결핍을 감당할 수 있는 상대는 아무도 없었다.

나는 늘 혼자 사랑을 키웠고 늘 혼자 아파했고
애정을 갈구하는 마음이 커질수록 불안감도 커져갔다.

'이러다 이 사람도 나를 곧 떠나게 될지도 몰라.'

불안감에 휩싸여 애정과 표현을 더 갈구하기 시작했고
연애의 달콤한 맛을 즐기기도 전에 사라져 버리기 시작했다. 마치, 솜사탕을
입에 넣고 달콤한 맛을 느끼다가 빨리 녹아버리는 게 아쉬워 아껴 먹으려고 다
시 뱉으려니 이미 녹아 없어진 솜사탕이라 뱉을 수가 없는 것처럼,

입에 닿기만 하면 순식간에 녹아버리는 아쉬운 솜사탕이라 다 먹기는 해야
겠고 다 먹으면 흔적도 없이 사라져 버리고 끈적끈적한 잔여물들만 묻어나는
것,
아무리 큰 솜사탕이라도 한입 떼어먹으면 없어지는 크기만 크고 다 먹고 나
면 텅 빈 느낌의 공허함만 가득한.

차라리 그냥 딱딱한 사탕이었다면 좀 더 오래 단맛을 느끼며 입안 가득 퍼지
는 향과 그 달콤함에 취해 비교적 오래 행복함을 느낄 수 있을 텐데.

나는 그렇게 사탕을 원하면서도 솜사탕만 주구장창 먹어댔고, 빨리 사라져
없어질 것 같은 그 불안감에 휩싸여 제대로 즐기지도 못한 채 공허함만 쌓아갔
던 것이다.

나는 그렇게 애정결핍이 솟아 나오는 내가 너무 싫어서

그 애정결핍의 뒤를 따라오던 외로움이라는 것을 저 깊은 곳에 가둬두고 문

을 잠가버렸다.

언제 그 문을 부수고 튀어나올지도 모르는 그 외로움을

그렇게 내 안에 홀로 가둬두려 참 많이 애를 썼다.

문이 부서지는 순간이 겁이 나서,

그렇게 멋대로 부서져 버리며 툭 튀어나오면

나 자신을 스스로 감당해 낼 자신이 없어서

나는 오랜 시간 누군가를 온전하게 사랑할 수가 없었다.

그 외로움과 애정결핍이라는 것이

가둬둔 문을 부수고 나오려 하는 그 순간이

나는 너무 무서웠다.

나는 너무 겁이 났다.

또 한 번 그렇게 사랑을 놓쳐버릴까 봐,

또 한 번 그렇게 내가 다치고 아플까 봐.

그 문을 깨버린 것이 당신이었다.

그 단단한 벽을 깨버리고 들어온 것이

꽤나 오랜만에 내 마음에 들어온

당신이었단 말이다.

이렇게 만들어놓고

당신은 대체 어딜 갔느냔 말이다.

당신의 목소리

—

내가 항상 좋아하던 당신의 목소리와 당신의 말투.

어느 장소에서건 당신과 비슷한 말투,
당신을 닮은 목소리가 내 귓가에 들리면
나는 늘 그렇듯 귀를 쫑긋 세우고선 무슨 이야기를 하는지 귀를 기울이게 돼.

혹시나 그게 당신이라면, 정말 당신과 마주치게 된다면
당신은 내게 무슨 말부터 꺼내려나.

보자마자 반가워하려나?
아니면 그저 모른 척 스쳐가려나.
하지만 정말 그런 상황이 오게 된다면
나는 당신을 어떻게 대해야 하는 걸까,
당신이 나를 보며 반가워하고 있으면
나도 반가워해야 하려나,
아니면 당신이 나를 모른 척 지나가면 나도 스쳐가야 하려나.

나는 당신을 마주치게 되면 웃게 되려나, 울게 되려나.

일어나지도 않은 온갖 상황들을 상상하고 있더라 내가.
참 웃기지.

당신이 여기 있을 리가 없는데,
당신이 이 곳에 올리가 없는데,
길거리를 지나가다 당신을 마주칠 확률보다 낮은데도 말이지.

문득, 내가 지금 뭘 하고 있는 건가 싶은 생각이 들어서
피식 한번 웃으며 이내 고개를 절레절레 저었지만
씁쓸한 웃음 뒤에 당연한 듯 밀려오며 내 가슴을 파고드는 찌릿한 기분에 슬
퍼지는 순간.

나는 그렇게 또 당신을 앓고 있더라,
나는 그렇게 또 당신을 떠올리고 있더라.

가슴속 저 깊은 구석 한쪽 방에 억지로 욱여넣었던 당신을, 당신에 대한 기
억들을
기어코 나는 끄집어내어 당신을 그렇게 추억하고 있더라.

듣지 않으려 해도 자꾸만 들려와 당신을 그리워하게 만드는 내겐 평생 잊지
못할 당신의 목소리.

오늘따라 더욱 그리움에 사무쳐 미칠 듯이 가슴이 아프다.

언제쯤이면 가능할까,

당신을 떠올려도 아프다는 생각이 들지 않을
그럴 날이 오기는 하려나.

제3부

헤어지는 중입니다

척

—

"우왕~ 울 애기닷!"

당신에게 보여주기 위해 찍은 사진을 보내자
당신이 곧바로 내게 던진 말이었다.

여전히 내게 예쁘다고 해주며 내 사진을 반가워하는데도
예전처럼 날아갈 듯 기쁘지가 않고 왠지 모르게 씁쓸해졌다.

"요즘 많이 서운한 거 알아요."

티를 내면 징징대는 것처럼 보일까 봐 숨겼는데
그런 마음을 숨기는 것조차 티가 나는 모양이었다.

하긴, 그렇게나 애교 부리며 달콤한 말을 던져대던 내가
다 이해한다는 말만 하며 연락이 늦었다고 칭얼대지도 않으니 당신으로선
그게 오히려 이상하지 않을 리가 없었다.

"서운한 마음을 가지지 않으려고 노력 중이야."

아무렇지 않은 척, 괜찮은 척, 다 이해하는 척.
나는 오늘도 그렇게 척척척 가면을 썼다.

"그게 마음대로 되나, 쉬운 게 아닌데…"

"응, 힘들지, 그래서 노력 중이야."

그 뒤에 숨겨진 나의 많은 말들을 당신은 과연 알까?
아니, 말하지 않아도 이해할 수 있으려나 싶었다.
내가 왜 이런 노력을 하고 있는지, 왜 해야만 하는지.
그리고 당신이 나를 이렇게 만들었다는 것을,
또 한 번 내가 스스로 마음을 닫게 만들었다는 것을.

아프지 않은 척, 슬프지 않은 척, 다 이해하는 척 하지만 실은, 나…….

안 괜찮고 이해하기 싫고 아파오는 걸 감추는 중이야,

내 감정이 요동치지 않도록 있는 힘을 다해 억누르는 중이야.

그렇게 당신을 놓아가고 있다고, 내가.
아무렇지 않은 척, 당신을 포기하고 있다고 내가.

밀어내야만 한다

—

마음에 담지 말자고, 결국 내가 또 아플 거라고.

그렇게 다짐했던 내 의중과는 상관없이
나는 끝내 당신을 내 마음속에 또 다시 품고 말았다.

이 빌어먹을 놈의 마음이란 게 내 뜻대로 되지 않는 게
어디 한 두 번이었던가, 에라 모르겠다 하면서.

결국 또다시 아픈 건 나였고
나는 내가 더 아프기 싫어 당신을 밀어내기 시작했다.

그렇게 거리를 두었음에도 여전히 마음은 아파왔지만
상처를 받게 된다고 해도 그 상처가 그리 오래 아프진 않겠지, 당신을 잊어
야 하는 순간들이 온다면 그 또한 오래 걸리진 않겠지,
그렇게 나 자신을 다독이며 나는 점점 당신을 놓아갔다.

어떠한 일이 생겨도 절대 당신만은 내 손을 놓지 말라고

그렇게 신신당부를 했던 건 나였건만, 이제는 내가 아프기 싫어 당신을 먼저 놓을 수밖에 없었다.

나의 마음을 좀 더 철저하게 숨긴다는 것,
당신에게 달려가는 속도를 조절한다는 것.

나는 그렇게 억지로라도 당신을 밀어내야만 한다.

내가 더 이상 아프지 않으려면.

용서하지 마라, 나를..
내가 너무 아팠다. 아프기 싫어서였다.

이해와 포기

—

매번 당신에게 화를 내고 삐치고 칭얼대기 바쁜 나였다.
내 입장에서는 어쩔 수가 없었다.

연락이 되지 않는 바쁜 시간들, 당신이 잠든 시간들이
나는 견딜 수 없을 만큼 외로워하며 연락을 기다리기만 했다.

원래도 잔병치레가 많아 약을 달고 사는 나였지만
자꾸 신경을 썼더니 여기저기 더 아프기 시작했다.

직장 일에도 온 신경이 쏟아지는데 당신이 더 얹어준 셈이다. 아프다고 할
때마다 오래 버티는 사람이 없더라며 당신에게 하소연을 했을 때,

당신은 절대 그럴 일이 없으니 걱정하지 말라 했다.
자신만은 꼭 그러지 않겠노라며.

시간이 흐르고 점점 당신은 더욱더 바빠졌다. 나는 당신과 연락을 주고받는
시간들이 점점 더 줄어갔다.

몸서리치는 외로움으로 견디기 힘든 그 시간들을 버티며
나는 당신에 대한 나의 마음을 조금씩 줄여나갔다.

나 자신이 힘들어졌고, 외로워졌고, 그리고 괴로워졌다.

당신의 마음은 여전했다, 물론 변하지는 않았다.
나를 좋아하는 마음은 여전했고 여전히 매일 예쁘다고 했다. 보고 싶단 말도
여전했다.

하지만 한 번씩 내게 건네는 말들이 내 가슴을 찔렀다.

마음을 많이 내어주지 않으려 꾹꾹 억누르고 있는 내게서 조금은 벗어나고
싶어 하는 눈치였다.

뭔가 모를 압박감이 당신을 더 힘들게 하는 눈치였다.
나는 참는다고 참은 노력이 당신을 더 힘들게 만든 모양이다.

내가 아플 때 나를 걱정해주던
당신의 노력도 줄어들었다.
그 후 나는 당신에게 더 이상 서운하다는 말을 꺼내지 않았다. 서운하단 마
음을 보일수록 내게서 더 멀어질 거란 이유 없는 확신이었다.

연락해 줄 틈도 없을 만큼 쉴 새 없이 바쁜 것도,

핸드폰 배터리가 너무 빨리 심하게 닳는 것도,
잠을 제대로 못 자서 약을 먹고 자야 한다는 것도
다 이해한다 아니, 이해하게 되었다.
그럴 수밖에 없었다.

내가 이해하지 않으면, 내가 이해해주지 못하면
나는 집착하고 칭얼대는 여자가 되어야 하고,
당신이 날 떠날지도 모른다는 생각들이 나를 집어삼켜
나 자신이 몹시 괴로워져 견딜 수가 없었다.

그래서 나는 마음을 점점 더 숨기기 시작했다.
왜 이렇게 연락이 늦었냐는 말도,
보고 싶다는 말도 하지 않았다.

나는 그렇게 당신을 '이해' 해야만 했고
나는 그렇게 당신을 '포기' 하고 있었다.

그렇게 참아내는 내 마음이 찢어질 듯 아파왔지만
멀어져 가는 우리의 관계에서
내가 할 수 있는 것은
그 것뿐 이었다.
나는 그럴 수 밖에 없었다.

놓다

—

멀어져 가는 마음을 보고 있자니 속이 쓰라려
차라리 그런 기분을 덜 느끼려 모른 척 외면을 했다.
분명 마음은 있는데 이전과는 달라도 너무 다르기 때문에 그렇게 내 마음 또한 뒷걸음질을 쳤다.

알면서도 외면하려 애쓰는 마음을 당신이 알긴 하려나
하면서도, 당신에 대한 미움과 원망보다는 문득 나 자신이 그냥 안쓰러워지기 시작했고 그렇게 애타고 애틋했던 무한할 줄 알았던 감정들이 어쩌다 이렇게 자꾸 타버리며 재만 남게 되는 건지 그게 더 화가 나고 씁쓸해졌다.

나의 배려, 양보, 노력, 쏟아 부었던 많은 것들이
물거품처럼 사라져 버리고 있다는
이 사실 딱 한 가지가 가장 마음이 쓰라려졌다.

대체 당신이 뭐라고.
하는 서운한 마음과 미운 마음이 함께 공존했다.

나는 당신에게 특별한 존재일 거라 생각했다.

말 한마디, 행동 하나하나가 특별할 것이라고.
당신도 내겐 그랬고 나도 당신에게 그랬을 것이다.

허나, 순간이었을 거다 잠시뿐이었을 것이다.

밀고 당기는 것을 싫어했던 우리가
처음엔 서로를 끌어당겨 자석처럼 착 달라붙어
그렇게 사랑에 빠졌고 서로를 미친 듯이 원했을 것이다.

익숙함에 속아 소중함을 잃지 말자고
더 깊게 더 진한 사랑에 빠졌다 여기며
서로에게 스며들자고.

그렇게 철석같이 약속했건만
애석하게도 우린 어느 순간 서로의 손을 놓치고 말았다.

놓친 것이 아니었을지도 모른다.
어느 한쪽에서 놓아버린 것일지도 모른다.

너무 강하게 꽉 잡고 있던 손에 땀이 난다고,
이제 그 땀을 닦고 식히기 위해 놓아버리고 싶다고.

어느 누가 놓아버린 손인지 내게 그것은 중요하지는 않았다. 접착제로 붙인 것처럼 딱 붙어서 안 떨어질 줄 알았겠지만 어느 샌가 틈이 생기고 갈라지고 있었다는 것을 우리는 서로 알았지만 모른 척했을지도 모른다.

그저 서로가 나만 놓지 않으면 괜찮겠지 했을지도 모른다. 모진 풍파를 다 겪으며 견뎌낸 당신과 나의 손이라 맞잡으면 더 강해지고 단단해질 줄 알았던 우리의 착각이었다.

어쩌면 처음부터 아귀가 맞지 않는 톱니를
우리는 억지로 끼워 맞추려 했을지도 모른다.

맞잡으면 따뜻해져 서로가 서로에게 치유가 될 줄 알았지만, 우리는 각자 너무 비슷한 온도를 가지고 있었을지도 모른다.

중화되지 못하고 끓거나 얼어버리는
한쪽으로만 치우치는 이도 저도 아닌 그런.

당신과 내가 맞잡았던 손은
그렇게 멀어져 버렸다.

마지막 부탁

—

어쩌면 내가 당신을 더 옥죄고 있는지도 모르겠다는
자괴감이 없힌, 그래서 조금은 무거운 마음이 들었다.

힘든 당신을 내가 조금이라도 더 안아주어야 하는데
사람이란 역시나 이기적인 동물인지라 상대보다는 나 자신의 감정을 더 먼
저 생각하기 마련이더라.

굳이 말하고 싶지는 않은 말들이었지만
이런 내 서운한 마음을 나 혼자서만 더 누르며 참다가는
정말 더 악화되어 나쁜 결말을 불러올 것 같아서.

그럼에도 불구하고 당신을 놓지 못하고 있는 나였다.

분명 내가 놓든 당신이 놓든
어느 한쪽에서 놓아버리면 언제든 끝날 관계가 될까 봐,
나는 아직 두렵고 불안했다.
서운하다며 줄줄 늘어놓고 있는 내게 돌아온 당신의 대답은 내가 좀 더 잘할

게. 라는 말이었고

　나는 그 말이 너무나도 예쁘고 감사했다.

　잘잘못을 따지기 위함이 아니라, 침묵이란 쌓일수록 더 커져 후엔 건널 수 없는 강을 건너는 길이라는 것을 알기 때문에. 나의 온 마음, 많은 감정들을 숨기기로 다짐했다. 차라리 나 스스로 감정의 크기를 조절하는 것이 좋을듯했다.

　언젠가는 나 스스로 지쳐 당신을 놓아버리게 된다거나,

　그런 내게 지친 당신이 나를 놓아버리게 될 순간이 올 거라고.

　후회와 아쉬움을 남기지 않으려는 마음과 더불어 이미 느슨해진 듯한 끈을 한번 더 꽉 조이고 싶은

　당신에게 하는 나의 마지막 부탁이었다.

손

—

"내가 당신을 점점 더 병들게 만들 것 같아."

어쩌면 당신도 이미 일찌감치 예감이 들었을지도 모르겠다. 하지만 나는 당신의 그 말에 곧바로 대답을 해 주었다.

"걱정 마요, 당신이 나를 병들게 한다면
혹여 정말 당신 때문에 내가 망가지게 된다면
내가 병들기 전에 나 스스로 당신을 먼저 놓아버릴 거야,
나는 나 자신을 사랑하거든."

실은 우린 서로 이미 알고 있었던 걸까,
그래서 특별한 말없이 서로가 서로를 놓아버렸던 걸까.
그날의 대화가 정말로 현실이 되어버린 지금에서야
나는 작은 변명을 해본다.

내가 나를 사랑하기에 나 자신이 무너지기 전에
당신을 놓아버렸다고 나 자신을 위로했을 때,
아마 당신은 나의 우선순위는 나 자신이 먼저라고 하는

그런 생각이 들었겠지만 사실은 아니었을지도 모른다고.

그때 나의 우선순위는 나보단 당신이었으나,

나를 자꾸만 힘들게 하는 당신이 미워져

그 미운 마음과 서운한 마음과

그래도 당신을 사랑하는 마음이 너무 컸기에

내가 너무나도 아파서 당신의 손을 놓은 거라고.

내내 잡고 있던 손으로 얼굴에 땀이 나는 것을 잠시 닦으려던 당신이 잠시

내 손을 느슨하게 잡았던 순간에

나는 내게 퍼붓던 당신의 사랑에 잠시 행복해하다가

느슨해진 손으로 인해 불안하고 서운한 기다림을 이기지 못해 당신의 손을

잡았던 힘이 스르륵 빠지는 것을

다시 힘껏 잡지 않은 것이라고,

그대로 그냥 놔둔 것이라고.

나랑 맞잡은 그 손 말고,

차라리 다른 쪽 손으로 땀을 닦지 그랬어...

그럼 맞잡은 손이 느슨해질 일도,

내가 그걸 일부러 놓쳐버리는 일도 없었잖아.

말투는 말보다 솔직하다

—

"말투는 그 어떤 말보다도 더 솔직한 거야."

당신은 나의 이 말을 굉장히 싫어했다.

내가 왜 한 번씩 이 말을 꺼냈던 건지 당신은 알까?

어느 순간부터 당신의 말투가 조금씩 변했고
당신은 그걸 전혀 인지하지 못했다.

그래도 당신은 충분히 노력을 하고 있는 중이라며.
연락의 횟수에 내가 서운해한다고만 생각하고 있더라.
그래, 연락의 횟수 또한 중요하지 않다고 볼 순 없었지.

근데, 어느 순간 당신의 말투가 달라졌다.
말투에서 전해져 오는 느낌 자체가 뭐랄까.
노력은 하고 있는 게 보이긴 하는데 예전과 달라졌달까.

내용도 달라졌다, 대화의 길이도 짧아졌고.

억지로 노력하며 예쁘게 말을 한 것은 아니란 건 알지만

말투가 달라졌다는 건 마음이 달라졌다는 거다,

전처럼 달달하거나 뜨거운 온도가 느껴지지 않는 거라고.

잠이 들 무렵 늦은 밤, 당신에게서 첫 메시지가 왔다.

"오늘은 너무 늦게 연락했네, 미안해요 서운했겠다."

평소 같았으면 답장을 해주었겠지만

나는 읽지도 않고 답도 하지 않은 채

내 손에서 핸드폰을 놓아버리고 잠에 들었다.

누군가의 연락을 기다린다는 것이 얼마나 외롭고 지치는지 당신은 알려나 모르겠지만, 아니 당연히 당신 또한 알겠지만 일부러 답이 없는, 못 본 채 잠들었을지 모를 나를 생각해보며 당신도 반성해보며 미안해하라는 의미였다. 당신도 한 번쯤은 답답해 보라고.

내 의도가 전해졌는지 신경도 안 쓸지는

당신의 몫이겠지만.

사랑 받는다는 느낌이 점점 멀어져 가고

나를 당신의 일보다도 뒤로 젖혀놓은 사람에게

나 혼자서만 쏟아 부을 자신은

사라져 버린 지 오래였으니까.

말투라는 건,

내뱉는 그 어떤 말보다도 솔직하다니까.

기다림, 그리고 기대

—

기다리지도,
기대하지도 않는 것을 나는 당신에게서 배웠다.

나는 당신을 기다리지 않기로 했다.

당신의 연락을, 당신의 애정을 기다리고만 있기엔
기다림에 지쳐가는 나 자신이
너무나도 안쓰럽기 때문이었다.

나를 기다리게 만든다는 것에는
분명 당신도 노력이라는 것을 충분히 했노라 말하겠지,

바쁜 것도 이해하고 노력한 것도 안다.

물론 당신의 그 노력이 내 성에 차지 않았을 수도 있다.
그러나 나는 이미 안다,
당신이 나를 당신의 우선순위에 두지 않았다는 것쯤은.

이만큼 기다렸으면 되었다, 그래 나는 할 만큼은 했다.

상대를 기다리게 하는 사랑은 당신이나 실컷 하란 말이다. 나만 안쓰러운 사람으로 만들지 말란 말이다.

나는 당신에게 기대하지 않기로 했다.

나에 대한 당신의 사랑과 관심을, 애정 어린 표현들을.

자꾸만 더 갈구하게 되는 나의 문제라고 말할 수도 있다.

충분히 표현해주고 사랑해주었음에도 갈구하는 것이

어쩌면 내가 애정결핍인가 하는 생각도 해 보았다.

하지만 당신이 아무리 내게 표현하고 사랑을 주었다 해도 분명 내겐 채워지지 않는 그 무언가가 있었다.

불안할 수밖에 없고, 채워도 가득 메울 수 없는 것.

당신과 나는 그것이 무엇인지 분명하게 알고 있다.

그러나 지금 당장은 그것을 완벽하게 채울 수가 없기에

나는 당신에게 기대하다 결국은 당신을 놓을 수밖에 없었고 당신은 나의 기대를 받아주다 결국은 지칠 수밖에 없었다.

결국 우리는 그렇게 마지막을 맞이할 수밖에 없었다.

나는 이미 예상하고 있었고 그렇게 일찌감치 당신을 밀어냈다. 이만큼 마음 졸이고 아팠으면 된 거라고 나를 위로하면서. 온전하게 다 쏟아 붓지 못할 거면 시작도 하지 말았어야지.

내게 다가오지조차 말았어야 했다 당신은.

별똥별

—

대화한 채팅창을 나가지 않으려 안간힘을 썼다.

그 어떤 대화였던 소중히 여기고 싶었어서 사소한 이야기들 하나까지도 기억해두고 싶다는 핑계로 끝끝내 나가지 않았던 대화한 채팅창을 결국엔 지워버렸다.

클릭 한 번이면 사라지는 모든 흔적들.

당신과 켜켜이 쌓아온 시간들이 아까워
마음이 너무 아팠다.

결국 또 이렇게 만든 건 내 탓이겠거니 했지만
겉으로 보이는 많은 것들에서 느껴지는 멀어짐은
이루 말할 수 없을 만큼 내겐 너무나도 괴로운 일이었다.

그 어떤 원망도 하지 않으리라 다짐했다.

다른 사람들이 무어라 말하고

당신조차도 그 어떤 생각을 가질지는 모르겠지만

나는 최선을 다했다고, 나는 잠시나마 사랑이었다고.

아름답고 찬란하게 한줄기 빛으로 스쳐 지나갔음에도

당신은 반짝거리는 빛으로 날 잠시나마 비춰주었노라고.

당신은 나를 아름답게 변화시켜 놓았다고,

너 좋은 사람이 되고 싶게도 했고

더 예쁘고 빛이 나는 사람이 되게 만들기도 했다고.

그렇게 당신은 내게 예쁘게 반짝거리다

순식간에 사라져버린, 아름다웠지만 찰나 같은

별똥별 같은 존재라 내겐 오히려 더 슬프다고.

마지막 편지

—

"내가 없인 절대 행복하지 마,
너 같은 사람 너도 꼭 만나봐."
라는 악담을 헤어지는 이들에게 퍼붓던 나였다.

나를 아프고 괴롭게 한 만큼
꼭 똑같이 되돌려 받아보라고,
그래서 내가 지금 얼마나 아픈지 느껴보라고,
당신이 나를 얼마나
괴롭게 만들고 떠나갔는지 깨달으라고,
그 깨달음으로 인해 훗날엔
내게 미안한 마음을 가져보라고.

슬픔으로 가득 찬 상대에 대한 미움과 증오를
나는 그렇게 악담을 퍼붓는 것으로
대부분의 끝을 맺었고,
시간이 흐른 뒤 내 악담처럼 그들은 내게 다시 연락해
미안했다 라던지, 다시 만나자 라던지,

혹은 너만한 사람이 없더라,

내가 그립다 라는 말들을 해왔다.

나는 그때마다 보란 듯이 거절하며

똑같은 아픔을 돌려주었지만,

그렇다고 내가 받은 상처가 다 아무는 것은 아니었다.

어차피 이미 그 당시 곪아버린 상처들은 내게 흉터로 남았고, 다음 사람을

만나게 되면 여과 없이 흉터가 내비쳐지곤 했다.

그런 흉터들을 감싸 안아주려 했던 당신이었다.

그 노력이 참 고마웠고 행복했고 그래서 더 놓기가 싫었다. 이미 내게 한 번

흉터를 남겼던 당신이었지만

제대로 시작도 못하고 끝나버렸던, 당신이 내게 남겼던 오래 전의 내 흉터를

쓰다듬어주며 당신은 그렇게 나를 끌어안으려 무던히도 노력을 했다.

그 노력이 감사했고 너무나도 예뻐서

세월이 지나 힘든 삶을 버티며 많이도 바뀐 당신을 보며

이제야 행복하게 되려고 그랬었나 보다 여겼고

몇 번이나 어긋났음에도 다시 이어지는 우리의 인연을

운명이라 믿으며 그렇게 당신을 다시 내 마음속에 담았었다.

내게 남긴 흉터를 다시 찢은 정도는 아니었지만

당신은 내게 또 다른 흉터를 남기고 결국은 나를 떠나버렸다.

아니, 사실 엄밀히 말하자면
또다시 당신에게 깊은 상처를 받게 될 내가 두려워져
아주 천천히 내가 당신의 손을 놓아버리기 시작했다.

당신이 놓으려는 손을 끝까지 붙잡았다면
우린 행복했을까,

하지만 당신의 손을 모른 척 끝까지 잡고 있을 자신이 없었다. 그래서 나는
자연스레 당신의 손을 놓아버렸고, 손을 놓으려는 내 의도를 알아챈 당신 역시
도 나를 잡지 않았다.

우리는 그렇게 마지막을 맞이하고 말았다.

나를 떠난 당신을 미워하는 마음은 갖지 않으려 노력했지만 당신의 행복을
빈다는 뻔한 거짓말은 못 하겠다.

하지만 길던 짧던 당신과 함께 쌓은 그 시간들 동안
나는 열렬히 당신을 사랑했던 것이 맞는가 보다.
당신이 불행하게 살기를 바라지는 않는 마음이 드는 걸 보면.

당신, 불행해지지는 말기를,
지금보다 더 나은 삶을 살기를,

그래서 훗날 당신이 힘들었던 과거를 한 번쯤 돌아봤을 때, 그 기억 속에 내가 한 켠쯤은 자리하게 되는 존재이기를.

그래서 살면서 이따금씩 내 생각은 가끔 해 보아주기를,

그렇게도 당신과 몇 번이나 연이 닿았었던
그러나 매번 어쩔 수 없이 놓게 되었던
당신을 잠시나마 사랑했던 사람이 한 사람은 있었다고.

상황이, 시간이 우리들을 이렇게 이어주지 못한 거라고.

가끔씩은 나를 그리워하는 날들이 있어주기를 바란다.

한 가지 못된 마음을 조금 보태자면,

당신의 삶은 평안해지기를 바라긴 하지만
다른 사람과 행복하게 웃지는 않았으면 좋겠다.

욕심이라면 욕심이고 악담이라면 악담인 건데,

못된 사람이라고 욕해도 할 수 없다.

하지만, 이건 진심이다.

평안해지고 행복해지되,

당신과 나처럼

애틋하고 예뻤던 사랑은 하지 않기를.

당신에게 쓰는 마지막 편지가 될 것 같으니.

제4부

여전히 입술을 깨물죠

마지막 메시지

—

애써 서운했던 마음을 꾸역꾸역 감춰가며 당신을 놓아버리다 혹시나 하는 1%의 희망을 안고 당신에게 메시지를 보냈다.

아마 그 메시지에 대한 답은 오지 않겠지.
그걸 알면서도 나는 당신에게 메시지를 보낸다.

연락이 너무 늦어 밤 12시가 되어서야 당신에게 메시지가 온 그 날, 나는 잠이 들기 전이었음에도 불구하고 너무 늦어버린 당신의 연락에 일부러 답을 하지 않았다. 서운하다 못해 당신이 너무 미워서.

다음 날, 아침에서야 메시지를 읽은 나는 왠지 모를 먼 예감이 들어 이젠 더 이상 당신을 기다리지 않겠노라고 단단히 마음을 먹었다.

당신은 그런 내 마음을 아는지 모르는지 더 이상 연락이 없었고, 예상대로 우리는 그렇게 서로를 놓아버렸다.

오늘 나의 메시지엔 답이 오지 않겠지.
그래, 이미 나를 우선순위에서 제쳐놓았던 당신이 이제는 그럴 리가 없지.

미련스럽다고 할 수도 있겠지만 내가 오늘 마지막으로 늦게나마 메시지를 보낸 건

훗날, 나를 찾으며 끝나버린 우리의 관계에 대해서

당신이 내게 책임을 묻기라도 한다면,

나는 마지막에 당신에게 그래도 한 번은 메시지를 보냈었다고 나를 온전하게 놓아버린 건 당신이었다고 할 생각이라서.

여전히 당신이 궁금하고 당신에 대한 애정이 남아있지만

끝까지 당신에게 내가 먼저 전화를 걸지 않는 건

내 마지막 자존심이야.

당신이 이렇게 만들어버린 우리의 관계에 대한,

나 자신을 자책하며 자괴감에 빠져 허우적대기는 싫은

나의 마지막 자존심이라고, 미련스럽게도.

라고 하는 나의 거짓말……

미워하지 않는 이유

—

당신을 만나고 헤어졌어도 당신을 미워하지 않는 이유는,
아니 정확히 말하자면
당신이 미워지더라도 미워하지 않으려 노력하는 이유는
당신을 만나 사랑하던 모든 순간들 동안
당신은 나를 아름다운 사람으로 만들어 놓았기 때문이다.

당신은 매일같이 내게 예쁘다 섹시하다 귀엽다 해주었고
내가 아침마다 얼굴이 부어도, 화장을 지워도
늘 끊임없이 내 모든 모습들에 사랑스럽다 여겨주었다.
나이가 들수록 살도 찌고 자신감이 뚝뚝 떨어지는 내게
매 순간을 예쁘다 말해주던 당신은 낮은 내 자존감을 아주 많이 높여주었다.
그래서 자꾸만 내가 당신에게 더 많은 예쁨을 받고 싶게 했고, 그럼으로써
자꾸만 더 예쁜 짓을 하게끔 만드는 사람이었다.

말을 예쁘고 따뜻하게 하는 것을 가장 중요하게 여기던 내게 예쁘게 말해주
는 것은 물론이었고,
혹여 가끔 내가 당신의 말에 기분이 상하지는 않을지

노심초사 조심해주던 사람이었다.

그저 억지로 예쁘게 말하려 노력해 보이려던 게 아닌,

나를 먼저 배려하고 아낀다는 느낌을 갖게 해 준 세심한 당신이었다.

대화의 중요성, 마인드와 코드의 찰떡궁합이 무엇인지

당신과 아주 많은 소통을 하며 나는 점점 대화와 말의 소중함에 대해 더 많은 것을 배웠고, 나 자신이 당신이라는 사람으로 인해 더 성숙해지는 것을 느꼈다.

또다시 내게 아픔과 슬픔을 안겨주고 떠난 당신이지만,

내가 당신을 미워하지 않으려 노력하며

당신과 함께했던 좋은 추억만 남기고 기억하려는 이유는,

당신은 내가 점점 좋은 사람이 되고 싶게끔 만들어주던

오로지 나에게만 착하게,

다정하게, 사랑스럽게 노력하던

나를 꽤나 많이도 사랑해주었고

아껴주었던 당신이어서

나는 그래서 당신을 미워하는 마음은 갖지 않으련다.

행복하기를, 그리고 평안하기를.

아주 환하고 반짝이게 나를 비춰주며 스쳐가 버린

아름답고 찬란했던 나의 그대여.

찬란한 사랑

—

퇴근길에 집에 걸어 들어오며 문득 생각이 들었다.

전화번호를 2년에 한 번씩은 바꾸게 되던 나였지만

아마 당분간 몇 년간은 전화번호를 바꾸지 않게 될지도

아니, 얼마나 걸릴지도 모르겠다고, 안 바꾸는 아니, 못 바꾸는 이유는 아마

당신 때문일 것이라고.

당신의 번호를 머릿속에서 지우려 노력한 탓에

내 머릿속에선 당신의 전화번호가 가물거리지만

그래서 내 전화번호는 더 바꿀 수가 없다고.

아직도 여전히 보고 싶은 사람이 있느냐고

누가 내게 물어온다면

나는 망설이지 않고 딱 한 사람 있노라 답할 수 있다.

당신이라고,

내게 찬란하게 빛나다 사라져 버린 당신이라고.

가슴속에서 시린 무언가가 차고 올라와

눈물이 왈칵하고 쏟아지려는 순간이 오면

어김없이 당신이 생각이 나더라.

요즘 들어 부쩍 우울함이 자주 찾아들 때마다

전화해서 내 우울함을 하소연할 사람이 아무도 없더라.

그럴 때마다 당신이 생각이 나는 이유는,

아마도 내가 많이 힘들어했던 그 날들 속에서

귀를 기울여 내 이야기를 다 들어주며

나를 토닥거려주던 당신이

내 마음속 깊은 곳에 자리하고 있었기 때문이리라.

그 다정했던 당신은 지금 어디에서 무얼 하고 있으려나.

이따금씩 한 번쯤 내 생각이 난다면

당신도 나처럼 이렇게 가슴 한 구석이 아련 기분 이려나.

아니어도 좋다, 무엇이 되었든 상관없다.

그저 언제든 어디서든 가끔 내 생각이 난다면,

나를 당신의 마음속에 깊게 한번 품었었다고,

당신의 인생에 잠시 스쳐갔던 짧은 인연이었지만
당신과 뜨겁고 애틋하게 사랑했었던 사람이었다고,

그렇게 만이라도 나를 기억해주었으면 좋겠다.

뜨겁게 타올랐고 빠르게 스며들었고
깊게 빠져들었던,
비록 그 시간은 짧았으나
영롱하게 반짝거리며 빛나던 그런 사람이었다고.

그런 찬란한 사랑이라는 것을 했던 우리였다고.

돌덩이

—

아닌걸 알면서도 놓지 못하는 마음이었다.
적어도 내가 먼저 그 손을 놓고 싶지는 않아서였다.

이건 아닌데 하던 그 마음이 점점 쌓여 커다란 돌덩이가 되었고, 그 돌덩이
가 내 가슴을 짓누르다 심장이 너무 아파 와 나는 그 돌덩이를 결국은 스스로
내려 놓아야만 했다.

내가 당신의 손을 놓더라도
당신만은 내 손을 놓지 말라고,
당신에게 그렇게도 부탁을 했던 나였지만,
내가 너무 힘이 들어 스스로 당신을 놓기 시작하고부턴
사실은, 당신이 먼저 나를 놓아주기를 바라고 있었다.

아니,
그저 당신이 먼저 놓아주기 전에 사실은 내가 먼저
당신을 놓아버리기 시작한지 오래였지만,
당신이 먼저 나를 놓아버리게끔 유도했고

결과적으로는 당신이 먼저 나를 놓아버리게 되었다.

내겐 당신과 함께했던 시간들 중 꽤 많은 시간들이
너무 아파 혼자서 몰래
심장을 움켜쥐던 날들의 연속이었다.

놓아야지, 그리고 잊어야지 하면서
하루 종일 내 머릿속엔 당신 하나로 가득 차 있었다.
마음이라는 것이 어디 내 뜻대로 되는 일이었던가,
그래, 이러다 보면 언젠가는 지나가겠지.
이렇게 흘러가다 보면 당신에 대한 생각도 기억도 흐려지고 추억만 남아 내
가슴 한편에 자리를 잡고 있겠지. 그렇게 아름답던 기억만 내게 추억으로 남겨
지겠지. 시간이 흐르고 나면 아픔과 슬픔과 아쉬움과 안타까움 들로 온종일 내
머릿속을 휘젓고 다녔던 당신에 대한 감정들이 무뎌지는 그런 날이 오면 그제
야 내 마음이 추슬러지겠지.

그 날들이 어서 빨리 내게 왔으면 좋겠다.
둥둥 떠다니며 내 머리를 복잡하고 아프게 만들던
당신의 생각들의 틀에서 벗어날 수 있었으면 좋겠다 내가.

가슴에 얹혀진 무거운 돌덩이를
이제 그만 내려놓고 싶다.

이렇게나 아플 줄은

—

당신을 보내고 난 후
이렇게까지 아파하게 될 줄 알았더라면
그렇게 빨리 놓아버리려 애쓰지나 말걸 그랬다.

당신의 얼굴을 떠올리고 당신의 이름을 생각하고
당신과 함께한 추억들을 기억할 때마다
가슴속에서 이리 뜨겁게 무언가가 울컥하고 차올라 오며
내 심장을 짓이길 만큼 아플 줄 내 진즉 알았더라면
그리 빨리 놓아버리려 애쓰지는 않았을 것이다.

내가 조금 덜 아프기 위해 그랬다.
그 순간에 내가 조금 덜 괴롭기 위해서였다.

멀어져 가는 당신을 내 곁에 붙잡아두려 할수록 서로가 점점 더 힘들어져만
갈 것이라는 당연한 사실을 우린 너무 잘 알고 있었다. 우리는 서로의 마음과
달리 현실이 너무나도 따라주지 않았다. 그 때나 지금이나 크게 나아지지 않은
서로의 환경이 우리에겐 너무나도 원망스러울 뿐이었다. 함께할 수 없는 각박

한 현실 속에서 우리는 좌절해야만 했다.

사랑은 현실을 뚫지 못했다.

그것밖에 안 되는 사랑이라 비난을 받는다 해도 할 수 없다. 그래, 우리의 사
랑은 그것밖에 안 되는 나약한 사랑이었나 보다. 그래도 서로를 향한 그 순간
들만큼은

진심이었다.

너무나도 애틋하게 서로가 그리워 애달픈 사랑이었다.

눈물이 날만큼 행복했고 애틋했고 아팠고 슬펐다.

조금만 더 버틸 걸,

조금만 더 붙잡아둘 걸,

조금만 더 애써볼 걸,

조금만, 아주 조금만 더 그래 볼 걸 그랬다.

이렇게나 아플 줄 알았더라면 말이다.

우선순위

—

아마도 당신은 알고 있었을 것이다.
내가 먼저 스스로 당신을 놓으려 했다는 것을.

내가 지쳐 힘들고 아프기 싫어서
자연스럽게 당신을 놓으려 했었다는 것을.

눈치가 빠른 당신은 이미 느끼고 있었을 것이다,
그러했을 것이다, 몰랐다는 게 말이 안 되지.
당신이 너무 바빠서 연락이 그 전보다 뜸해지기 시작했을 때 그때부터 당신
에 대한 내 마음을 포기하기 시작했다는 걸. 당신이 모를 리가 없지, 나의 말투
하나에도 내 기분을 알아차리던 당신이었으니까.

연락이 뜸해졌고, 텀이 길어지고
그래, 이해해 다 이해한다고.

딱 하나, 다른 거 다 필요 없고
내가 당신에게 가장 서운했던 이유는 딱 하나였다.

당신 주변의 많은 이성들이 들끓는 것은 이미 알지만
그 사람들 중에서도 나를 우선순위에 두지 않았다는 것.

당신의 눈에 하찮아 보이는 인간들일지라도
그 무리 속에선 나는 특별해야만 했던 것 아닌가.

난 그렇게 생각했거든.

그 누구보다도 나는 당신에게만큼은
가장 특별한 사람일 것이라고,
당신에게만은 꼭 그렇게 내가 특별한 사람이어야 한다고.
그 믿음 하나만으로 겨우 버텨내던 나였는데
어느 순간부터 나는 당신에게 우선순위가 아니었더라.

그저 그들과 똑같은, 어쩌면 조금은 다르겠지만 비슷한
전혀 다르다고 해도 성에 차지 않는
그런 어영부영한 존재로 남기는 싫었는데,
언젠가부터 나는 뒤 순위로 밀려나기 시작했더라.

마치 나 역시도 다른 사람들과 마찬가지로
어떻게 되어도 별로 신경 쓰이지 않는다는 것처럼.

나도 당신 못지않게 주변에 많은 이들이 이끌리고 많은 사람들이 나를 탐낸다는 것쯤은 당신도 알고 있지 않나.

당신의 우선순위에서 나를 제쳐놓은 그 순간부터 나 또한 당신을 내 스스로 놓기 시작했던 것일지도 모른다,

같은 곳을, 같은 미래를 보는 우리인 줄 알았는데
우린 방향만 같았을 뿐, 서로 다른 지점을 보고 있더라.

그렇게 씁쓸하게 우린 서로가 서로에게
별 것 아닌 존재가 되어버렸더라.

나는 당신을 사랑하면서
당신을 포기하게 되는 이유들 중에서
그게 가장 슬프고 아팠다.

제5부

닿을 수 있나요

눈

—

나는 무슨 정신으로 그 시간에 당신에게 전화를 걸었을까, 연결이 되지 않는다는 당신의 전화에 혹시나 싶어 메신저에 친구추가를 하고, 잘 있느냐는 질문을 던지고 당신에게 답이 오지 않을까 하고서

답을 기다리다 기절하듯 잠이 들었을까.

오늘 전국에 첫눈 같은 함박눈이 쏟아졌어.

내가 사는 동네에도 아주 운치 좋게 눈이 많이 쌓여서

창 밖으로 내리는 하얀 함박눈을 보며 멋진 운치를 감탄하며 감성적인 마음이 요동쳤거든.

그래서 그랬을 거야,

갑자기 또 당신이 보고 싶어졌나 봐.

"잘 있니? 잘 지내니?"

당신과 함께 저기 쌓인 하얀 눈밭을 손잡고 걷고 싶었어.

날씨가 끝내주게 좋던 우리 데이트 하던 그날,

함께 손잡고 산책하며 공원을 걷던 마지막 가을날의 우리처럼.

그러다 땀이 나 벤치에 앉아 쉬며 서로에게 기대어 이대로 시간이 멈추었으면 좋겠다 말하던 그날의 우리처럼.

보고 싶다, 보고 싶어 미칠 것 같아.

어제는 그냥 너무 보고 싶어서,
오늘은 너무 슬프고 힘들어서.

연결이 되지 않는다는 당신의 전화번호에
나는 오늘 두 번이나 전화를 걸었다.

어제는 모르고 전화를 걸었다가 실망하고 끊었고,
오늘은 알면서도 전화를 걸었다가 그냥 끊어버렸다.

아니겠지 해서, 혹시나 해서.

어쨌거나 어제도 오늘도 당신이 너무 보고 싶어서

당신이 너무 그리워,
그리워서.

잊혀지기를

—

몇 달이 지나도, 아니 1년이 지난다고 해도
바뀌지 않는 이상 당신의 전화번호는 내 머릿속에서
지워지지 않고 여전히 그때에도 남아있을 것 같아.

그때에도 내 마음이 지금과 같은 마음일까?

지금처럼 당신을 그리워하며 가슴 아리게 번호를 떠올리려나.

전화라도 해볼까, 메시지라도 보내볼까,
가끔씩 드는 생각에 또 망설여지려나.

시간이 지난 후에도 내가 지금과 같은 마음이라면
아마도 당신은 내게 꽤나 오랜 시간 동안 머물며
짙은 그리움으로 남아있을 것 같거든.

차라리 당신의 번호가 내 머릿속에서 영영 지워졌으면 좋겠어.

아예 당신을 찾을 수 있는 실마리조차 남아있지 않도록,

깨끗이 내가 당신을 완벽하게 단념해버릴 수 있도록.

그렇다고 해도 역시나 내가

당신을 완벽하게 잊는 데에는

아주 많은 시간과 찢어질 마음과 흘릴 눈물들이

아직 한참이나 너무 많이 남아있을 것 같기는 해.

그래서 아직도 너무 마음이 아파.

꿈에라도

—

억지로 아침잠에서 깨어나 비몽사몽으로 출근 준비를 하다가 문득, 어렴풋이 어젯밤 꾸었던 달콤했던 꿈이 생생하게 기억이 났다.

정확한 얼굴은 기억이 잘 나지 않지만
무언가 조금은 위험했던 상황에서 벗어나자
이내 곧바로 나를 끌어안고 내 등을 토닥거리며
혹여 내가 놀라지는 않았을까 나를 달래고 있는
나를 굉장히 아껴주는 듯한 어떤 사람을 보았다.

내 등을 토닥거리는 그 품에 안겨 가만히 눈만 깜빡이던
꿈속에서의 내 모습은 굉장히 행복해 보이는 얼굴이었다.

입 꼬리가 슬쩍 올라가며 슬그머니 웃는 미소,
편안해진 듯 천천히 눈을 깜빡이며 내쉬는 숨결.

굉장히 행복해 보이는 나의 얼굴은 분명한데,
나를 안고 있는 이 사람은 누군지 도통 모르겠다.

대체 누굴까, 처음 보는 얼굴의 이 사람은.

아침에 그 꿈을 떠올리다 든 생각이
그 꿈속의 사람이 당신이었다면 얼마나 좋았을까 싶더라.

매일 매 순간마다 당신을 생각하고,
당신을 그리워하며 당신을 떠올리고는 있지만,
매일 밤마다 꿈을 꾸며 잠을 자는 내게
꿈에는 자주 나와주지 않는 야속한 당신이라서
나는 꿈에서라도 당신을 가끔이라도 한 번씩은 보고 싶다.

왜 당신은 그리도 내 꿈에 나와주지 않는 것일까?
연락조차도, 볼 수도 없는 당신이기에 꿈에서라도 나는 그대가 너무나도 그
리워 미치겠단 말이다.

내 꿈에라도 자주 나와주라 당신.
꿈에서나마 당신의 품에 안겨 웃고 있는 나를 보며
잠시나마 행복한 기분이라도 들 수 있도록.

꿈에서라도 나를 만나 주란 말이다. 당신.

여보세요? 나야

—

수화기 너머에서 들려온 당신의 목소리에
내 심장이 미친 듯이 두근거리더라.

"여보세요? 여보세요?"

아무 말도 하지 못하고 전화기만 들고 있었다.

"나야."

목소리를 잃어버린 인어공주처럼 소리를 낼 수 없지만
내가 대답을 못해도 나라는 걸 알아주진 않을까, 조금 더 당신의 목소리를
들려줬으면 좋겠는데 하면서 말이야.

"여보세요? 안 들리나요? 여보세요?"

계속해서 내 쪽에서 아무런 말이 없자 이내 전화가 끊어졌다.

연결이 되지 않던 전화였는데 이제 연결이 되는구나.

이게 얼마 만에 듣는 목소리인 거야 대체,
오랜만에 목소리 들으니까 너무 편안하고 좋다.

하고 안정을 찾으며 미소를 띄우고 있던 순간 눈을 떴다.

꿈이었지만 들려온 당신의 목소리는 변함이 없었고
가물거렸던 당신의 목소리를 꿈에서마저 들을 수 있음에
나는 신께 너무나도 감사 드렸다.

곧이어 머릿속에 떠오른 당신의 전화번호에
통화 키를 누를 뻔했지만,
꿈이었으니 아닐 거야 하며 다시 눈을 감았다.

꿈에서라도 당신 목소리 들려줘서 고마워.
별 탈 없이, 별 일 없이 잘 지내며 살아주기를,
그래서 세월이 지나 언젠가 꼭 한 번은
당신을 다시 볼 수 있기를.

간절히 기도할게.

헛바늘

—

당신과 행복했던 우리의 아름다웠던 마지막 그 가을날,
당신은 나를 참 많이도 예뻐하고 사랑해주었구나.

이젠 많이 망가졌다며 하소연하던 나의 손도,
못나서 부끄럽다며 숨겼던 나의 발도,
나의 이마, 눈, 코, 입, 볼.
내 몸 구석구석 당신이 예뻐하지 않았던 곳이 없었다.
당신의 손길이 닿지 않은 곳이 없었다.

함께하던 꿈같던 시간들,
그 시간 속의 꿀 같던 순간순간들이 아마 나를 꽤나 오래도록 행복한 기억들
속에 머무르도록 만들겠지.

엊그제 모임이 있어 퇴근 후 저녁을 먹다가 살을 씹었다.
입술 안쪽이지만 치아가 닿아 자꾸 아픈 상처를 보며
문득 이런 상상을 떠올렸다.

입술 안쪽을 뒤집어 당신에게 보여주며

"나~~ 고기 먹다가 살도 같이 씹어서 피났어~~
상처 났어~~"

라고 말하면 당신은 표정을 찡그리며 내게 다정하게 말하겠지.

"그랬어요? 우리 애기 아팠어? 어디 보자~"

하면서 보여주려 입술을 잡고 있는 내 손가락과 입술 위에 당신의 입술을 포
개어 내게 입맞춤을 해 주겠지.

당신이라면 그랬을 것이다, 분명 그러했을 것이다.
당신의 몸보다도 내 몸을 더 소중히 아끼던 당신은
한치의 망설임도 없이 분명 그러했을 것이다.
분명 그랬을 거고,
당신이라면 틀림없이 그랬을 거고.
이렇게 여전히 믿고 있고 그 장면을 상상해내는 나라서

당신을 너무나도 잘 아는 나의 그 믿음이 깊어
믿어 의심치 않는 내 마음이
아직도 몸서리치게 너무 아파 와.

무너지지 않으려

—

며칠 전, 저녁 모임에 가서 고기를 씹다가 살을 씹었고
그 후로 자꾸 이에 닿아 통증이 지속되길래
그때 난 상처가 계속 아물지 않는 줄 알았다.

통증은 하루하루 지날수록 조금씩 더해졌고
나는 그 상처가 자꾸 이에 닿아 그런 줄 알고
엄마에게 입 안 상처에 바를 약이 있는지 물어보았었다.

'아, 왜 이렇게까지 아픈 거야, 대체.
상처가 얼마나 더 커진 거지?

로션을 바르며 얼굴을 두드리다 통증에 신경질이 나서
거울로 입술을 보았더니 하얗게 혓바늘이 돋은 거였다.

얼마나 요즘 신경을 쓰고 스트레스를 받았던 건지
혓바늘이 난 줄도 모르고 그저 가볍게 넘기기만 했다.

입 안의 상처까지 신경 쓰기가 싫었던 거였다 사실은,
그저 낫겠지 괜찮아지겠지 하고 외면해버린 것이다.

당신이 떠나가는 순간에도 그러했을 것이다 나는,

괜찮아질 거야 난 아무렇지 않아 아프지 않을 거야 하며
내 안에 슬픔, 아픔, 미움, 그리움들이 쌓여가는 줄도 모르고, 그 아픔과 슬픔
을 느끼며 괴로워하기 싫은 마음에 속으로만 켜켜이 쌓아두며 참아냈을지도
모른다.

내가 자꾸만 몸이 아픈 이유는 나의 마음을 지키기 위한
나 스스로의 욕심이 쌓아 키워온 병일지도 모른다.

그래서 나는 당신을 미워하지 않기로 결심했다.
나를 이렇게 아프게 만들고 떠난 당신이라 해도
당신을 미워하기 시작하는 순간
나 자신이 더 아플 것이라는 것을 너무도 잘 아니까.

나는 나 자신이 무너지는 것이 싫어 그렇게 내 마음을 비워내지 못하고 곪게
만드는 사람이니까.

이런 못난 나를
사랑에 빠지게 만들었던 당신이니까.

그래서 당신이 없는 요즘을 견뎌내려

나는 무너지지 않으려

이렇게 안간힘을 쓰는 것일지도 모른다.

전화번호

—

당신의 전화번호가 내 머릿속에서 가물거렸다.
이 번호였던가? 아니, 이 번호였나? 헷갈리던 중이었다.

차라리 잘됐다 여겼다. 적어도 당신의 전화번호를 잊지 못해 술에 취했다는
핑계를 대며 내가 전화를 걸진 않을 테니까.

끝자리 수 한자리가 헷갈리고 있었다. 3이었던가? 4였던가? 둘 다 아닌가? 뭐
였지? 중간 번호는 맞았던가? 중간 번호랑 뒷자리 번호가 바뀐 건가?
한참 헷갈리며 떠올리다 휴대폰에 번호를 눌러보았다.

분명 예전에는 전화번호를 지우고 기록도 다 지우면
번호를 눌러도 절대 번호가 검색이 되지 않았건만
재작년에 바꾼 최신형 스마트 폰 이라 그런지
번호와 기록을 모두 지워도 얼마간의 기간 동안에는
전화번호 4자리만 누르면 검색에 뜨는 이상한 현상이 생겼다.

분명히 다 지웠는데...

당신의 번호도, 당신과의 기록도.

이미 주고 받은 지도 지워 버린 지도 몇 달이나 지났건만 결국 당신의 번호는 검색 창에 떴고

나는 일에 치여 바쁜 그 와중에 잠시 쉬는 사이에

문득 당신이 떠올라 당신의 전화번호를 기억해내려 애를 쓰다 결국은 당신의 번호를 알아내고 통화 키를 누르고야 말았다.

연결이 되지 않는다던 번호였건만 신호가 갔다.

따르릉,

단 한 번의 통화 연결음을 듣자마자 곧바로 끊어버렸다.

혹시, 당신이 아닐까 봐.

아니, 정말 당신일까 봐.

메신저에 번호 추가를 하고 친구 등록을 해서

당신이 맞는지 확인해보고 싶었지만 꾹 참아냈다.

정말 당신일까 봐.

아니, 혹시 당신이 아닐까 봐.

술에 잔뜩 취한 어느 밤,

내가 당신에게 전화를 하게 된다면

당신이 반갑게 받아주었으면 좋겠다고 소원을 빌어본다.

아니, 그저 쌀쌀맞게 대하지만 않아도 좋을 것 같다.

물론, 내가 당신에게 전화를 거는 짓을 하지 않았으면 좋겠다.

아니, 그전에 당신에게서 먼저 전화가 온다면

더할 나위 없이 기쁠 것이다.

물론, 그럴 일은 없을 테지만.

꿈에

—

얼마나 보고 싶었던지
당신이 꿈속에 보이자 그리 반갑더라.

얼른 달려가 당신 품에 안기며
당신 입술에 입을 맞추었다.
당신은 기다렸다는 듯 나를 보자마자 어여쁜 그 미소로
환하게 웃어 반겨주며
나를 당신 품에 꼭 끌어안아주었다.

어디 갔다 이제 왔느냐는 듯, 내내 기다렸다는 듯.

　그 꿈속에서 당신 품에 안겨 당신에게 입을 맞추며
　그리웠다고, 보고 싶었다고 꼭 안겨있던 순간이 너무 생생했고 잠에서 깨고
난 후에도 꿈속에서라도 만났다는 것이 너무도 행복하고 감사했지만, 이내 나
는 그 순간을 떠올리면 떠올릴수록 당신에 대한 그리움이 더 깊어져만 가는 나
를 어찌할 수가 없어서 오늘은 내내 가슴이 시릴 것만 같다.

환하게 웃던 당신의 그 미소, 다정한 당신의 그 말투,

두 팔 벌려 가득 안아주던 당신의 넓은 품,

내 머리를 쓰다듬던 당신의 따뜻한 큰 손,

다정하고 사랑스럽고 애틋하게 바라보던 깊은 당신의 눈빛, 내 온몸 구석구
석 소중하게 입을 맞추던 당신의 입술까지도.

너무 보고 싶어서, 너무나도 그리워서 눈물이 울컥한다.

지나고 나서 이렇게 누군가를 사무치게 그리워하게 되는

이런 감정이라는 것이 사랑이라고 한다면

나는 당신을 미치도록 사랑한 것이 맞다.

아니,

아직도 당신을 사랑하고 있는 것이 맞다.

여전히 당신을 떠올릴 때마다

가슴속에서 뜨거운 무언가가

울컥하고 차오르며 코끝이 찡한 것을 보면......

생일소원

—

커피숍에 들어섰다가 당신과 닮은 사람을 마주했다.

그 커피숍의 주인인지 직원인지는 모르겠지만

문을 열고 들어가려는 순간부터 움찔했다.

키, 체형, 생김새, 느낌……

빠르게 위아래로 훑어보며 당신이 아니라는 것쯤은 단번에 알아챘지만, 멀리서 얼핏 보면 당신이라고 착각할 정도로 닮은 사람이었다.

10초도 되지 않는 짧은 순간 동안 머릿속에

나는 참 많은 생각을 했다.

당신이면 어쩌지, 만약에 당신이 맞는다면 이게 무슨 일이지, 당신이 여기에 와있을 리가 없는데,

내가 사는 동네가 이곳이라는 것을 당신은 모를 텐데,

당신이 맞는 거라면 나를 보면 놀라지 않으려나.

참 별의별 생각을 다했다.

통 유리로 된 문을 열기 위해 걸어 들어가는 입구에서부터 가게의 문을 열고 들어가 당신이 아니라는 것을 알아채기까지 난 그 10초 동안 정말 많은 생각을 했구나.

문을 여는 순간, 당신일까 하고 생각했던 나의 착각이

100%에서 점점 내려가 0%로 떨어지며

아니구나 하고 확정이 내려지던 찰나, 나는 아쉬웠다.

차라리 당신이었으면 좋았을걸,

차라리 당신이 맞기를 바랐건만,

오늘은 내 생일인데, 차라리 그런 기적이라도 일어나지.

기적은 일어나지 않았고 나는 그렇게 당신이 떠나고 난 빈자리를 어루만지

며 오늘도 그렇게 또 한 번 아쉬워하며 당신이 또 그리워졌다.

술에 잔뜩 취해 용기 내어 전화를 걸어보고 싶었지만

오늘은 술에 취하지 않았고 전화를 걸 용기도 나지 않는다.

생일이라고 핑계 대고 전화라도 해볼까 싶지만

그러기엔 혹시 모르게 일어날 일들에 아직 겁이 나는

나는 바보처럼 아직도 마음이 아려온다.

너무 깊게 스며들었지만 아쉽게 스쳐 빗나간 우리의 인연이 언젠가는 다시

이어질 날이 있겠지 라고 믿으며,

아니, 꼭 그렇게 되게 해달라고 달빛에 소원을 빌어야겠다.

오늘은 내 생일이고,

생일엔 원래 소원을 비는 날이니까.

수신거부

—

용기를 내어 당신의 전화번호를 눌렀다.

얼마 전까지만 해도 신호음이 가는 것조차 두려웠던 내가 오늘은 두 눈 딱 감고 한 번만 해보자 싶어

기어코 당신의 전화번호를 누르고 통화버튼을 눌렀다.

신호음이 딱 한번 울리고 안내 메시지가 흘러나오는 걸 보니 여전히 당신에게 나의 번호는 수신거부가 되어있는 게 맞다. 이왕 전화한 김에 한번 더 용기를 내어보자 싶어 미친 척 하고 당신에게 메시지를 보냈다.

"여전히 수신거부인 거 보니까 번호가 바뀌진 않았나 보구나"

그래도 다행이다 싶은 바보 같은 생각도 들었다.

아직 그래도 번호가 바뀌지는 않았구나 싶어서.

메시지까지 차단을 했더라도 분명 언젠가는 한 번쯤은

메시지를 정리하다, 차단된 메시지들을 삭제하려다

내가 오늘 보낸 메시지를 당신은 반드시 읽게 될 테니까.

나는 당신에게 쌓인 미련을 홀홀 다 털어버릴 때까지
계속해서 메시지를 보내고 싶어 졌다.

이런 걸 미련이 아닌 집착이라고 생각할지도 모르겠지만 나의 메시지들이
쌓이고 쌓여 당신의 차단함을 가득 채우고 나중에 당신이 그 메시지들을 다 읽
을 때쯤엔, 아마 그때쯤엔 나도 당신을 온전히 다 잊을 수 있지 않을까.
물론 이건 나의 아주 이기적인 욕심이지만 말이야.
그렇게도 많은 시간들 동안 당신을 떠올리며 눈물을 흘렸는데 당신에게 향
한 내 마음은 하나도 흘려내지 못했거든.

오늘은 꽤나 슬픈 날이었어, 27년 만에 만나 딱 한번 뵈었던 막내 이모가 돌
아가셨어. 다시 만나 기뻤는데 그 모습이 마지막이 되었더라고. 아주 어릴 때
뵈었을 이모부와 사촌동생들을 장례식장에서 만나 인사를 하게 된, 오늘은 조
금 많이 슬픈 날이야. 어쩌면, 당신이 오늘 내 전화를 받지 않은 것이 굉장히 다
행스러운 일일지도 모르겠다. 만약 당신이 오늘 내 전화를 받았더라면 나는 전
화를 붙잡고 아주 많이 울었을 테니까, 밤새도록 말이지. 조금 많이 슬픈 오늘,
당신을 그리워하며 울컥해도 참고 견뎠던 숱한 날들에 대한 슬픔이 한꺼번에
몰려왔을지도 모르지.

"울고 싶으면 마음껏 울어도 돼.
근데 우리 애기는 우는 얼굴도 예쁘네."

일하다 처음으로 너무 힘들어 서러움이 폭발했던 날,

퇴근길에 눈물이 쏟아지려는 걸 당신과 통화를 하며 억지로 참아내다가 속
이 상해 마신 맥주 한잔에 덜컥 울음이 쏟아졌던 날을 당신은 혹시 기억할까?

하염없이 눈물만 흘리며 꾸역꾸역 참아내던 나였지.
습관적으로 눈물을 억지로 참아내듯 우는데 갑자기 내가 보고 싶대서 퉁퉁
부은 얼굴로 에라 모르겠다 하고 사진을 찍어 보냈더니 울다 웃다 하는 나를
달래 가며 당신이 한 말이었다.

그렇게 우는 내 모습도 예뻐하던 당신이라
나는 눈물이 울컥하는 슬픈 날에도 당신이 가장 먼저 떠올라.

끝까지 수신거부를 풀지 말아 주라.
끝까지 나의 전화를 받지 말아 주라.
끝까지 메시지를 발견해도 절대 답변을 하지 말아 주라.

당신이 내 전화를 받아
당신의 목소리를 듣는 순간이 오면,
당신이 내 메시지에 답변을 하는 순간이 오면,
그때 나는 분명 무너질 것 같으니까.

내가 서서히 그리고 완벽히 당신을 잊을 수 있도록.

내 마지막 부탁이야.

벌

—

당신이 선택한, 당신의 인생에서 일어나는 싫어하는 순간들을 내게 하소연
하던 당신에게 모질게 말을 뱉은 적이 있었다.

"당신이 선택한 거잖아."

내게 그저 위로 한마디를 들으려 이야기를 했을 텐데
나는 그 날 당신의 그 하소연이 너무나도 듣기가 싫었다.

시간이 지나고 후회가 밀려왔다.
그 순간의 내 말 한마디가 얼마나 당신의 가슴을 후벼 팠을지 말하지 않았어
도 아니, 그럴 것이라는 걸 알면서도 내 입장에서 듣는 당신의 하소연이 나는
그날 그저 듣기가 참으로 싫었다.

현실적으로도 내가 도와줄 수 있는 게 아무것도 없었다.
그저 힘내라고 위로를 해주기엔 내 속 또한 넓지 못했다.
타인에게 향해야 할 다른 미움이 당신에게 향한 것이지만 나는 그런 속 좁은
나 자신을 탓하고 싶지 않았다. 그걸 숨기려 나는 그 날 당신에게 아프게 말을

던졌다. 그땐 내가 당신에게 빠져들지 않았을 때라 그랬을 것이다.

'굳이 내가 왜 이런 이야기를 들으며 이 사람을 만나야 하는 거지?

라는 얕은 생각이 나를 뒤덮고 있을 때였다.

당신에게 한참을 빠져 헤어 나오지 못하던 때,

당신과 서로 죽고 못 살 것처럼 서로를 그리워하던 때,

당신을 만나 행복하고 황홀한 시간을 보내던 때엔 전혀 몰랐다. 당신에게 던진 이 말을 후회하게 될 줄은.

내가 이만큼이나 아플 줄은, 이따금씩 슬퍼지게 될 줄은,

당신을 이렇게나 그리워하게 될 줄은 몰랐었기에.

나는 그 날 내가 뱉은 그 못된 말의 무게에 있는 힘껏 짓눌려 지금 이렇게 아프게도 벌을 받나 보다.

미안해, 그 날 내가 당신에게 주었던 그 상처를

내가 지금 몇 배로 더 크게 돌려받는 중이야.

미안해, 정말 미안했어.

그래서 나 지금 너무너무 아파.

그리운 이름

—

문득 핸드폰 사진첩을 들어갔다가
당신과 나눈 대화를 저장해놓았던 흔적을 발견했다.
당신의 사진으로 배경화면을 꾸며놓았고
사랑스러운 애칭으로 당신의 이름을 저장했었고
당신 또한 나를 사랑스럽게 불러주고 있었다.

당신에게 말을 하는 나의 말투에는 애교가 가득했고
내게 말을 건네는 당신의 말투에는 사랑이 가득했다.

"사랑해요 오늘도"
"애정 해요 아주 많이"
"나가서도 애기 생각뿐이야"

어쩜 우린 이런 간지러운 대화들을
아무렇지 않게 나눴을까.
그 때엔 한참 사랑에 빠져있을 때였지.
세상 모든 것이 아름다워 보일 때였으니까.

저장해 둔 사진이 더 없나 찾아보니 몇 장 되지 않았다.

달콤했던 그 흔적이 더 보고 싶었지만 아쉽게도 몇 장 없었다.

당신과 나눈 대화를 문서파일로 저장했었던 기억이 떠올라 부랴부랴 저장

된 문서 파일을 찾았지만,

달콤했던 대화들은 저장조차 하지 못한 채 사라져 버렸고 가장 아팠던 대화

가 저장되어 있었다.

왜, 어째서 나는 그 대화 내용을 저장했던 걸까.

내가 더 아프기 싫어 당신을 놓고 있던 그 순간들에

아픈 걸 참아가며 안간힘을 쓰던 그때의 내가 보였다.

한 줄 한 줄, 다시 읽어 내려가는데 가슴이 미어진다.

나는 놓을 듯 놓지 않으려

있는 힘껏 애쓰며 눈물을 참고 있고,

당신은 애써 웃고 나를 달래 가며

힘겹게 내 손을 잡고 있더라.

가슴이 너무 아파 끝까지 읽을 수가 없더라.

그때가 생각이 나 당신이 내겐 너무 아픈 사람이었거든.

놓고 있었음에도 당신이 떠나갈까 두려움에 떨고 있던

나는 그렇게도 여리면서 강한 척을 해야 했던 바보 같은

당신한테만은 착했던 그런 사람이어서 말이지.

아마 당신은 내게 평생 그리움의 대상일거야.

그렇게 나를 예뻐지게 만들어주었던 당신은 지금 어디에 있니,

나를 그렇게 그 시간 속에서 빠져 나오지 못하도록

풍덩 빠뜨려놓고서.

당신은 지금 내 생각이 나기는 하는 걸까.

문득 궁금해졌다.

당신은 내 생각이 전혀 나지 않는 걸까,

당신의 하루 속 어떤 순간들에 단 한 번이라도 말이지.

달콤하게 나누던 대화들, 서로 다정하게 부르던 애칭들,

애틋해서 끊을 수가 없었던 영상통화,

서로 잠도 참아가며 잠들기 전까지 통화하던 고요한 새벽 시간, 함께 먹었던

맛있는 음식들, 손잡고 걷던 산책길, 서로의 숨소리까지 사랑스러웠던 뜨거웠

던 그 밤들, 그 시간들.

서로가 서로를 운명이라 여겼던 존재였음에도
한 순간에 모르는 사람이 되어버렸다는 것이

참 씁쓸하고 가슴이 아려.

마지막 바람이 있다면 짧게 스쳐갔지만
당신의 인생에서 어느 한 순간을 떠올렸을 때.

그 기억 속에서 잠시나마 반짝하고 빛이 나는
그런 존재로 기억되기를.
나 또한 온 힘을 다해 존재하고 있어.

당신에게 내가 생각나지 않을
그 어떠한 순간들에도.

빈 자리

—

당신이 비워두고 간 그 자리를 채우지 않고 내버려두면
언젠가 그 자리에 다른 누군가가 들어오기는 하려나 싶다.

당신이 내게 하루하루 켜켜이
예쁘고 단단하게 채운 그 자리에
어느 누가 들어와 당신만큼 빈틈없이 꼭 채워줄 수 있을까.

그러다 또 어느 한 곳에 작은 틈이 생겨버려서
툭 하고 밀었을 때 어김없이 흔들려 힘없이 무너져 버린다면 쌓아 올린 정성
이 무색해질 만큼 나는 또 당신이 떠올라져서 한없이 무너져내려 주저앉아서
울어버리고 말 텐데 말이야.

어찌해서 그렇게도 꼭 채워두고 갔어요,

그리 꼭 채웠다가 한 번에 싹 빼버리고 갔냐고요,

이렇게나 공허하고 가슴 아프게 말이에요.

차라리 적당히 채워주지 그랬어요.

그럼 다 빠져도 이렇게까지 허전한 마음이 가득해져
공허한 아픈 마음까지는 들지 않았을 거 아니에요.

언제든 당신이 돌아와 다시 또 그 자리를 채워놓을까 봐,
나는 아직도 여전히 이 자리를 비워놓고 있어요.

아직은 당신을 대신해 이 자리를 메워 줄 수 있는 사람이
쉽게 나타나지를 않네요.

언제쯤이면 나타나게 될 까요.

당신이 아니어도 내 마음의 자리를
당신보다도 더 꽉 채워줄 수 있는 사람은.

고맙다, 당신

—

확인을 했음과 하지 않았음이 확연히 드러나는 메신저에 나를 차단했던 당신에게 잠에 취해 미친 듯이 전화를 걸고 문자를 보내고 메신저와 전화를 반복적으로 보냈던 흔적.

요즘은 광고든 물건 배송 현황이든 메신저로도 그 상태가 발송되어 오는지라 문득 배송시킨 물건이 뭐였더라 하며 무심코 지나쳤던 알림 메시지를 확인하려고 메신저를 들어갔다.

채팅 목록을 내려보다 당신에게 보냈던 채팅 창이 보였고
아무 생각 없이 그 채팅 창을 들어갔다 심장이 멎을 뻔 했다.

당신이 나를 차단해놓았음에 내가 메시지를 아무리 보내도 절대 사라지지 않던 메시지 옆의 숫자 1이 사라지고 없었다.

분명 당신은 내가 보낸 메시지나 통화기록 현황과 내용은 아마 확인하지 못했을 것이다. 차단해놓은 상태에서는 내가 무어라 떠들어도 절대 못 보니까.

당신이 그리워져 참지 못하고 약에 취한 나머지

가슴속에 담아두었던 그리움들을 있는 힘껏 밖으로 끌어올려 당신에게 취할 수 있는 모든 수단의 연락을 다 했던 날, 아니 그 다음 날 오후 늦게 서야 발견하고선 혼자 경악하고 당신에게 미안하다는 문자를 보냈다. 물론 당신이 언제 볼지는 모르겠지만 미안하다는 사과는

아무래도 꼭 해야겠어서.

나를 미워하지는 말아달라고, 당신이 너무 그리워서

나도 모르게 그런 추태를 부린 것 같다고,

그저 당신을 이만큼이나 사랑했던 사람이 있었노라고,

그저 이렇게나 당신을 잊지 못하는 사랑이라 생각해 달라고.

아마도 당신은 차단해놓은 메시지를 정리하다

내 메시지를 본 듯 했다.

차단해 두었던 내 메신저를 풀고 다시 친구추가등록을 했겠지. 내가 잘 지내고 있는지, 나의 상태를 확인해보기 위해서. 그래서 그 숫자 1이 사라진 거겠지.

상황은 금방 파악이 되었지만 마음은 씁쓸하면서도 착잡하다. 당신이 조금이라도 더 늦게 발견해주길 바랐지만, 마음 한 켠으로는 생각보다 빨리 내 메시지들을 발견해주었다는 것에 대한 기쁨 이랄까.

예상했던 것보다는 조금은 더 일찍 당신이 나를 떠올렸다는 그 자체가 이유가 무엇이 되었건 나는 내 욕심에선 조금은 기뻤다. 그 마음이 어떤 마음이었

건 궁금해하지는 않으련다. 내게서 연락이 오는 것조차 정말 싫었다면 아마도 당신은 두 번 다시는 연락조차 말아달라고 내게 단호한 말을 던졌겠지.

당신 성격을 내가 너무도 잘 알거든.

차마 당신이 내게 그 말을 하지 못하는 것이라 해도 괜찮다. 아니, 이제 나를 그리워하지조차 않는다 해도 괜찮다. 그 때의 우린, 서로가 서로를 더 이상 사랑하지 않아서 나쁘게 헤어진 게 아니었으니까.

그 때의 우린, 서로가 뛰어 넘을 수 없는 각자의 현실과 타협하느라 넘을 수 없는 벽 앞에서 서로가 서로의 손을 더 이상 잡고 있지 못했던 것뿐이니까.

고맙다 당신.
헤어지고서도 나를 이렇게
단단하고 성숙하게 만드는 사람이라서.
그래서 내가 당신을 참으로 많이도 사랑했었다.

내 마지막 소원이야
(당신에게 쓰는 마지막 메시지)

—

목소리라도 들어보고 싶은 마음에
용기를 내어 당신에게 전화를 걸었어.

여전히 당신에게 내 전화번호는 차단이 되어있구나.
그래, 나는 알면서도 전화를 걸었다.

그래도 혹시나 싶어서. 정말 우연이라도 당신 목소리를
단 한번만이라도 들을 수 있을까 싶어서.
하다못해 내 목소리라도 들려주고 싶었는데
음성메시지로 넘어가지도 않더라. 참 아쉽게도 말이지.

이제 더 이상 당신에게 연락을 하지 말아야 하는 걸까
싶은 생각이 들었다. 당신은 나를 이렇게나 잊으려,
아니 벌써 이미 오래 전에 그저 한번 스쳐간 사람이라 여기고 다 잊어버렸을
지도 모르는데 나만 이렇게 혼자 아파하고 슬퍼하면서 당신을 놓아주지 못하
고 있는 것 같아서 내심 미안한 마음이 들기도 한다. 내가 지금 괜히 내 욕심으

로 당신을 괴롭히고 신경 쓰이게 하는 건가 싶어서.

아니, 어쩌면 메시지를 확인하게 되더라도 절대 답하지 말라고, 내가 무너지지 않게 해달라며 간절하게도 부탁을 했었기에 당신은 그 부탁을 들어주려 답을 하지 않았을지도 모른다. 그 약속을 지키려 애를 쓰고 있는지도 모르지.

이 메시지가 꼭 마지막이 되었으면 해.
나 또한 바라는 바야.

더 이상 당신을 괴롭게 만드는 짓은 하고 싶지 않다.
훗날, 당신과 내 사랑에 대한 이야기가 세상에 나오게 되면 그땐 알려줄게.
이런 책이 나왔다고, 이런 사랑을 우리가 했고, 이런 가슴 아픈 이별을 한 사람들이 당신과 나였다고.

하나만 약속해주라.

날 미워하지만 말아주라.
이렇게까지 당신한테 내가 끝까지 잊지 못하고 매달렸다고 너무 추하다 여기지 말아주라.

애정 했다 당신, 미칠 만큼 내가.
사랑하고 사랑했고 사랑할 것이다.

당신은 내게 찬란하게 반짝이던 사람이었고

별똥별처럼 사라져버린

너무나도 찰나 같은 쓰라린 존재였으므로.

나는 진심으로 당신을 사랑하고 애정 했었다.

우리, 그것만은 잊지 말고 살아가자.

내 마지막 소원이야.

사랑한다 보고 싶다 애정 한다.

애틋하고 아련했던 나의 사람아.

행복했던 기억들

—

그를 내 기억 속에서 지워버린 나를 이해할 수가 없었다.

그토록 애틋하고 그렇게도 예뻤던 사랑이었고
아프기 싫어 먼저 놓아버렸지만 어쩔 수 없는 현실에
멀어짐을 서로가 알면서도 놓아야만 했던 사랑이었기에
나의 기억 속에 오래 남겨두어 머무를 줄 알았다.

아팠던 만큼 빨리 잊히기를 바랐던 걸까,
그래서 그렇게 빨리 무뎌졌던 걸까.

뜨겁게 달아올랐던 만큼 너무나도 멀리 멀어져 간
그 사람을
이제와 다시 만나고 싶은 마음이 드는 것은 아니지만
그를 떠올리면 다시 그리워지는 추억들은
분명히 존재한다.

미칠 듯이 행복했던 기억들이란,

매일 나를 웃음 짓게 만들던 나를 예뻐하던

그의 모든 말들,

세상 다 가진 듯 황홀하게 만들어주던

나를 어루만지던 손길,

사랑과 애정이 가득했던

꿀 떨어지게 바라보던 뜨거운 눈빛,

하루 종일 몇 시간을 통화해도 끊이지 않던 많은 대화들,

내 모든 투정과 이야기들을 웃으며 자세히 다 들어주던

다정하고 섬세한 사랑을 했던 그 사람.

아주 많은 것들이 잘 맞았고 잘 맞춰갔고,

서로 노력했고 서로 사랑했고 서로 공감했고

서로 애틋했지만

우린 현실이 너무 버거웠고 갈 길이 너무나도 달랐다.

함께 이겨나가면 되는 것 아니냐고 하겠지만

우린 그럴 수 없었고 그럴 자신도 없었다.

서로의 앞에 놓인 현실은 너무 달랐고 너무 벅찼기에.

그렇게 우리는 멀어질 수밖에 없었다.

그는 나를 어떻게 기억할지는 모르겠다.

내게 그 사람은 별똥별 같은 사람이었다.

찬란하게 빛나다가 크게 반짝하고 저 멀리 사라져 버린.

나는 그래서 그가 아프다.

반짝할 땐 예뻤고 행복하게 소원을 빌었지만
사라져 버린 후엔 흔적도 없는 허무함에 빈자리만 바라보는.

그와 밤새 끊이지 않고 나누던 대화가 그리운 요즘이다.

"영원한 사랑 따윈 없어,
시간이 지나면
결국 다 변하잖아."

영원한 사랑 따위는 없다고, 없을 거라고,
결국 시간이 지나고 나면
누구나 조금씩은 변하는 거라고.

사랑에 받은 상처가 내 안에 점점 쌓여갈 때마다
나는 영원이라는 말을 믿지 않게 되었다.

아무것도 모르던 어린 시절에는

'영원' 또는 '영원히'라는 말이
굉장히 커 보였고 무한의 의미를 지니고 있는
신비스러운 단어였는데

나이가 들고 상처가 쌓여가면서부터는
들으면 픽 하고 웃음이 난다거나
평소에는 잘 쓰지 않는 단어가 되어버렸다.

어쩌면 영원하다는 말은
처음에 지녔던 그 마음으로
무한한 세월을 거친다는 것이
아닐지도 모른다는 생각이 들었다.

굳이 처음에 지닌 크고 애틋한 그 마음 그대로가 아니라,
조금씩 변형이 되거나 그 크기가 혹여 줄어들지라도

〈여전히, 마음이 사라지지 않고 남아서 오래오래〉
그 마음이 오래도록 유지가 되는 그것.

그것이 어쩌면 영원히 라고 말할 수 있는,
영원히 사랑한다 라고 말할 수 있는

진짜 뜻과 이유가 되는 것은 아닐는지.